我的幸福婚約

四

顎木あくみ

輕文學
Light Literature

目錄

序章 004
第一章 爪痕與警戒 007
第二章 第一個朋友 045
第三章 和朋友相處的方法 095
第四章 內心深處的真相 124
第五章 無畏無懼 173
第六章 今後的心情 230
終章 252
後記 259

序章

女子造訪帝都時，是秋季剛結束、正要邁入冬季的時節。

她拎著巨大的皮革包包步下列車。車站月台上一片攘來熙往，感覺一不小心就會撞上別人。

（帝都果然還是這麼擁擠啊……）

雖然自己幾年前也曾在這個地方居住、工作，但看著眼前久違的雜沓，她仍不禁感到有些提不起勁。

嘆了一口氣之後，女子以戴著白手套的手重新拿好包包，開始在人潮中前進。

離開車站內部後，刺骨的冷風便直接迎面撲來。冷得縮起脖子的她，伸出手掐住一身長度及膝的大衣的衣領。

「好冷……」

女子不自覺地這麼輕喃，然後準備走向公車搭乘處。

「——這位小姐。」

她覺得自己好像聽到一個細微的呼喚聲。

這個宛如低語的呼喚聲，儘管輕微到足以被喧囂的人聲淹沒，卻確實傳進她的耳中。

不過，畢竟這裡人潮洶湧。

高聲呼喚他人的聲音此起彼落，所以，這個人聲的對象不見得會是自己。

（而且，我也沒聽說今天會有人過來接我呀……）

果然是自己誤會了吧——女子猶豫地這麼想的時候，那個聲音再次傳來。

「——這位小姐，妳好。」

發覺人聲聽起來比想像中更加靠近的她，忍不住吃驚地轉過頭。

出現在眼前的，是一名戴著眼鏡、看起來年紀在四十歲左右的男子溫和的笑容。然而，更讓人印象深刻的，是他和這副表情格格不入的異樣雙眼。

那對泛著詭異光芒的眸子，無疑正望著自己。

「你找我有什麼事？」

聽到女子這麼問，男子的笑意變得更深，眼角也跟著擠出魚尾紋。

「抱歉，這麼冒昧地喚住妳，陣之內薰子小姐。」

「咦！」

他為什麼會知道我的名字？

在女子——薰子吃驚地瞪大雙眼的同時，男子又接著開口——

「我叫做甘水直。有一件事，我無論如何都想請妳幫忙。」

第一章 爪痕與警戒

某個晚秋的早晨，待在自己房間裡的齋森美世，正以認真不已的表情凝視著眼前的鏡子。

她套上有著可愛山茶花圖樣的淡綠色袷衣(註)，確實把腰帶綁緊，將一頭烏黑長髮梳理整齊，最後畫上淡妝，然後反覆確認自己看起來有沒有奇怪的地方。

（……好。）

肩負久堂家當家的頭銜，同時也在軍隊裡負責統帥一整支分隊的久堂清霞。身為這樣的他的未婚妻，她可不能以不像話的樣貌示人。

「美世，差不多該出發了。」

「好……好的！」

房間外頭傳來呼喚她的聲音。

註：有縫製內裡的和服，適合在寒冷的季節穿著。

美世慌慌張張地拎著羽織外套和手提包走出房間。一身軍服打扮的清霞已經在外頭等著她。

那泛著柔亮光澤的淺褐色髮絲，以及格外引人注目的俊秀外貌，全都一如往常。然而，他臉上的表情卻有些僵硬，甚至帶著幾分陰鬱感。打從兩人自公婆居住的別墅返回帝都的那天以來，清霞便一直是這樣的感覺。

「老爺。」

聽到美世的輕聲呼喚，清霞吐出一口氣，轉過頭來俯瞰她。

「覺得緊張嗎？」

「是的，有一點。畢竟，我是第一次基於這樣的原因而前去對異特務小隊的值勤所叨擾。」

接下來，他們倆將一起前往清霞工作的地方，亦即對異特務小隊的值勤所。

至於美世同行的原因，得追溯到幾天前在車站的那場邂逅。

『我的女兒——』

光是回想起那個嗓音，美世便感覺有股莫名的恐懼浮上心頭。

察覺到自己的臉色瞬間發白的反應後，她勉強朝清霞擠出一個微笑。

「不過，不要緊的。我會加油。」

「也用不著這樣鼓起幹勁，只是過去討論事情而已。」

看到清霞像是被自己逗笑那樣嘴角微微上揚，美世稍微鬆了一口氣。

這次，可說是清霞左右手的五道發生那樣的意外，最痛苦的人，想必就是清霞自己了吧。

所以，美世得竭盡全力來支撐他才行，沒有閒工夫去擔心害怕其他事。

兩人一起來到玄關後，一旁的由里江恭送他們出門。

今天，因為美世也得一同外出，沒有時間處理家務，所以委託身為久堂家傭人的她特地過來一趟。

「少爺、美世大人，請慢走。」

兩人內心的不安和緊張，又或是憤怒和悲傷的情緒交織而成的緊繃氛圍，由里江想必也察覺到了；不過，她臉上卻仍是那不變的柔和笑容。

宛如母親般的溫暖笑容，讓人感到加倍安心，同時也有種被鼓舞的感覺。

美世和清霞也自然而然地露出笑容回應。

「我們出門了。」

現在是朝陽尚未完全升起的時刻。踏出家門後，外頭是一片天色微亮的狀態。在冰冷刺骨的空氣籠罩下，兩人呼出的氣息也被染成白色。

坐上轎車後，清霞隨即發動引擎，將雙手握上方向盤。

車子緩緩前進的同時，他輕聲開口說：

「抱歉，讓妳陪著我這麼做。」

「不會。」

「讓我道歉吧。雖然完全無法確定事情今後會如何發展，但可以斷言的是，我讓妳也捲入了危險之中。」

看著未婚夫沉痛的面容，美世不禁感到心疼。

就算發生了危險的事情，這也不是清霞的責任。沒有人可以責怪他。

「不……畢竟，真要說的話，我其實也無法置身事外。所以——」

請您不要這麼自責。

儘管想把最後這句話說出口，但美世很明白，現在，無論她再怎麼安慰清霞、或是大力主張錯不在他，都沒有任何意義。清霞是個溫柔的人，所以，即使要他別放在心上，他也不可能做得到。

美世懷抱著無處宣洩的悲傷和不甘，回想起那天發生的事情。

◇◇◇

那天，從久堂家的別墅返回帝都的美世、清霞和薄刃新三人，在踏出車站後，遇上一名陌生的中年男子。

『——我的女兒……這麼說的話，聽起來似乎有點聳動啊。』

男子假惺惺地哈哈笑了幾聲。這樣的他，表面上看起來極為「普通」。摻雜斑白的深褐色髮絲修剪得極短，偏長的臉型、深邃的五官，再加上一副圓形黑框眼鏡。一襲深色的和服搭配日式褲裙，上身還罩了一件斗蓬的他，穿著打扮看起來有著一定的水準。不過，就是很平凡。

然而，就算是美世，也看得出來這名男子不是普通人。

因為男子位於眼鏡後方的那雙眸子，散發著犀利、強烈而詭異的光芒。

此時的清霞和新，早已拋下手上的行李，表現出充滿殺氣的備戰架勢。現場的氣氛一瞬間緊繃至極，美世也下意識地止住呼吸。

『你就是甘水直？』

聽到清霞以平靜的嗓音這麼問，男子——甘水直將一隻手撫上後腦勺，帶著笑容朝一行人輕輕一鞠躬。

『是的，你說得沒錯，我就是甘水。』

『既然這樣，你就別再表演這種蹩腳的戲碼了吧？』

表情看起來相當兇狠的新，像是企圖打斷甘水那樣開口。

『你裝出這種溫良恭謙的態度也沒有用。甘水家的長男，打從年幼時就有著極為殘忍冷酷的個性，是個讓人應付不來的孩子——看到你那雙眼睛……讓我想起自己過去曾聽過這樣的說法。』

隨著年齡增長，甘水家的長男各方面似乎也變得收斂許多，不過——新繼續往下說。儘管語氣很平靜，但新的身上感覺不到從容。只是站在後方靜靜聽著三人對話的美世，也能感受到現場一觸即發的緊張氣氛。

『人的本性畢竟沒有那麼容易就改變。』

隨後，沉默籠罩了一行人。但在下個瞬間，甘水打破了這片沉默。

『哈……啊哈哈哈哈！這倒也是。不愧是薄刃家本家的繼承人，你很清楚啊。』

甘水捧腹大笑，甚至笑到眼角泛淚，偶爾還有些岔氣的程度。直到變得喘不過氣，他才終於停止發笑，然後抬起頭來。出現在那張臉上的，是跟方才完全不同的、露齒獰笑的表情。

他犀利的視線，落在被清霞和新守在背後的美世身上。

『一個人的個性如何，根本是微不足道的小事。這種東西，想怎麼捏造、偽裝都可以。尤其是為了達成自己的目的的時候……』

美世的掌心和背部都滲出令人不快的汗水。她覺得自己是隻被蛇盯上的青蛙。名為甘水的這名男子相當可疑。在相遇後的這段短短時間之內，美世便強烈感受到這樣的事實。

如同字面上的意思，他的言行舉止前後完全不一致。沒有人猜得到他在想些什麼、接下來又打算採取什麼樣的行動。

讓「支離破碎」、「雜亂無章」這種詞彙化為人形的話，或許就會是這名男子的模樣吧。

新藏在身上的槍發出細微的「喀鏘」的聲響。雖然美世無從得知，但清霞現在恐怕也是隨時都能抽出自己隨身攜帶的武器的狀態。

然而，甘水完全不將這兩人散發出來的殺氣當一回事，只是聳聳肩，以扭曲的唇瓣再次開口。

『真討厭啊，這樣殺氣騰騰的。我今天只是過來打聲招呼罷了，並沒有要跟你們起衝突的意思呢。』

『我可不相信。更何況，你早就已經是通緝犯了。』

『別這麼說嘛，久堂少校。因為我的人被你甩掉了，身為上司，不過來問候一下怎麼行呢？我還準備了禮物，這必定會讓你湧現想要協助我們的想法。』

禮物——美世在內心重複這兩個字。甘水直所說的禮物，絕不可能是點心禮盒這一類的東西。

美世有種腦袋深處因恐懼而麻痺的感覺，這讓她無法好好思考。

『你說禮物？』

『是的。你這次揭發的地點，不過是被我們用過之後捨棄的實驗室。我們的據點遍布各地，不過，軍方似乎鎖定了某一部分的據點，打算一口氣進行清查，甚至不曾想過這或許是陷阱。但願你的下屬平安無事呢，久堂少校。』

用過之後捨棄的實驗室、一口氣進行清查，還有陷阱……美世無法理解甘水這番用詞令人心驚膽跳的發言，到底代表著什麼意思。

另一方面，清霞則是微微揚起眉毛，兩片唇瓣看起來甚至微微顫抖著。

『你是想威脅我嗎？』

『要跟人做生意，總需要帶點禮物嘛——你看，來嘍。』

甘水揚了揚下巴。他所示意的方向，出現一個漂浮在半空中的物體。仔細一看，可以發現那是一個來自他人的，以白色紙張打造而成的式神。

清霞在一雙眼睛緊盯著甘水的狀態下，伸出手揪住那個式神，然後以視線迅速掃過寫在上頭的簡短文字。

『如何？上頭所寫的，應該是會讓你想要協助我們的好消息吧？』

面對甘水雖然平靜、卻帶著幾分挑釁意味的態度，清霞捏爛掌心裡的式神，輕輕「嘖」了一聲。

『只要在這裡逮捕你，就沒有任何問題了。』

『我來幫忙，少校。』

新出聲回應清霞的發言。在美世回過神來的時候，清霞已經朝甘水衝了過去。另一方面，儘管一行人待在有大量民眾聚集的車站內部，新卻光明正大地舉槍瞄準甘水。

（……好奇怪啊。）

美世終於理解了眼前這片奇妙的光景。

清霞和新想必都已經察覺到了吧。在車站往來進出的人們，沒有一個人望向他們所在的地方。

他們明明是在這片人山人海之中停下腳步對話……甚至連手槍都掏出來了，但其他人卻彷彿完全看不見美世一行人似的，只是自顧自地從一旁走過。這原本應該是足以引發一場大騷動的光景才對。

（這就是那個人的異能嗎？）

又或者是能夠阻絕他人的結界？美世無法分辨。
就在這時候。
前方的甘水的身影，看起來突然變得透明。
清霞原本打算揪住他的手，在空無一物的地方揮下——
『美世，我的女兒。我必定會再次前來迎接妳。』
詭異的低喃聲在美世耳畔響起。
不知何時，甘水站在原本應該被清霞和新保護在身後的美世身旁。
『……！』
『美世，請妳不要動！』
伴隨一陣響亮的槍聲，來自新的槍口的子彈掠過美世身旁，擊中地面而反彈起來。
她身旁的男子早已不見蹤影。

◇◇◇

美世緊握著自己冰冷的指尖，望向轎車車窗外不斷向後流逝的景色。
（我……不是齋森家的女兒嗎……？）

再次前來迎接妳——甘水這樣的發言，讓她心生恐懼。然而，比起這樣的恐懼，那個男人說美世是自己女兒的真正用意，更讓她感到在意。

美世不願相信。

因為，倘若這是真的，那麼，美世不被那個家的人當成女兒看待，也是理所當然。無法被接納為一名家人，讓她的身心全都痛苦不堪的那段日子，其實是合情合理的。

更何況，要是甘水直真的是她的親生父親的話……

自稱是異能心教祖師的他所帶來的「禮物」，是個糟糕透頂的消息。

軍方決定一口氣對異能心教進行清查後，便派遣軍隊前往幾個判斷可能是教團據點的地方。然而，在軍隊突襲的同時，這些據點紛紛發生爆炸，燃起一片熊熊大火。

這些爆炸造成了莫大的傷害和損失。想當然耳，清霞麾下的隊員也沒能倖免。

（因此受傷的隊員們，還有五道先生……）

更何況，還有之前在久堂家別墅發生的村人異變事件。異能心教總是讓人們心智失常、陷入恐慌。

那個傷害了許多人的男人，就是自己的父親——美世一點都不願意這麼想。比起在齋森家的那些過往，這樣的事實更令她難以接受。

光是想像，就讓美世感到全身不適。她不自覺地將雙手緊緊握拳。

由清霞駕駛的轎車，在晨間行人較少的道路上順暢行進，最後穿過對異特務小隊值勤所的大門。

「走吧。」

「是。」

將轎車停放好之後，清霞和美世並肩走向值勤所的建築物。

儘管還是一大清早的時間，值勤所裡頭卻已經能看到不少隊員忙碌穿梭的身影。

「早安。」

美世向跟自己打招呼的隊員們低頭致意。

她原本以為自己會沐浴在更多好奇的視線之下，不過，或許是因為大家都已經知道美世的存在，又或者純粹是因為現在忙到不可開交的程度，總之，這個地方並沒有特別讓她感到坐立不安。

「美世。之後，妳也要一起出席會議。」

「是。」

「不過，在這之前……」

清霞從會議室外頭走過，粗魯地打開一扇造型設計似乎比較高級的大門。

「我想先介紹一個人給妳認識。」

「介紹一個人？難道是……」

這麼說來，雖然這讓美世感到不勝惶恐，但聽說清霞會安排對異特務小隊的成員，來擔任被甘水盯上的她的貼身保鏢。

儘管覺得這樣太小題大作了，但回想起前幾天甘水現身時的狀況，美世實在也無法拒絕。

出現在大門內側的，是一個寬敞的房間。

除了位於深處的一張大尺寸辦公桌以外，房裡還有桌子和沙發。不同於值勤所裡頭其他單調簡素的房間，這裡的內部裝潢和會客室同等美觀。只是，除此之外，還有雜亂堆放成一座座小山的各式文件。

房裡沒看到清霞說要介紹給自己認識的那名人物。

「抱歉，到處都亂糟糟的。這裡是我的辦公室，我上班時間多半會待在這個房間裡。」

「咦……那個，我踏進您的辦公室沒關係嗎？」

美世吃驚地仰望未婚夫這麼問。

軍人的辦公室，是存放許多機密的地方，這其中應該也有不能被外人看到的情報才對。

「不要緊。從今天開始，妳的人身安全會在這個值勤所內受到保護……這項議題應該會在之後的會議中決定。這樣一來，就沒什麼好特別隱瞞的事情了。」

「這樣……呀。」

「嗯——抱歉，在異能心教的問題確實告一段落之前，要給妳添麻煩了。」

「不。我知道您會這麼做，都是因為擔心我。」

當然，想替美世找一名貼身保鏢，不光是因為清霞個人的私心。身為清霞上司的大海渡同樣也會出席之後的會議，要盡力保護美世，想必是軍方決定的行事方針。

不過，從清霞的表情，不難看出他相當擔心美世的事實。

「總之，妳先坐一下吧。對方應該馬上就會過來。」

聽到清霞這麼說，美世在沙發上坐下，然後吐出一口氣。沙發柔軟的觸感，頓時讓她因為勉強振作而變得僵硬的身子輕鬆不少。

「累了嗎？」

「不會，畢竟我們才剛到這裡來。」

美世搖搖頭。下一刻，清霞有著絕世美貌的臉龐突然朝她逼近。

「妳的氣色看起來不太好。」

「沒……沒這回事的。」

感覺雙頰瞬間發燙的美世，忍不住像是往後方彈開那樣縮起身子。

她的身體無恙。要是氣色看起來不太好，多半是因為緊張不安的情緒所導致的吧。

儘管想這麼回應，她卻無法好好發出聲音。

（好難為情呀……）

兩人現在的姿勢，讓美世回想起先前在別墅發生的那件事，也因此完全無法冷靜下來。

不知道該望向哪裡才好的她，視線不知所措地在半空中游移時，清霞垂下眉毛露出笑容，然後和她拉開距離。

「妳緊張過頭了。在工作的地方，我可不會做出什麼奇怪的行為。」

「在工作的地方……不會……？」

「在家裡也不會。」

「什……您……您好過分喲。」

看來，清霞似乎是在調侃自己。美世以雙手掩住自己灼熱的臉頰，氣呼呼地向他抗議。

在兩人的對話告一段落時，一陣敲門聲剛好響起。看樣子是約好見面的那名人物抵達了。

美世端正自己的坐姿，努力讓發熱的臉頰降溫。

「隊長，我是陣之內。現在方便進去嗎？」

「進來。」

「打擾了。」

打開大門踏進來的，是一位身型苗條、穿著軍服的——

（美麗的……女性？）

或許是因為已經看習慣清霞的臉蛋了吧，一開始，美世還以為對方是一名身型清瘦、五官也偏中性的男性，但並非如此。將一頭飄逸的長髮紮在腦後，英姿煥發地朝兩人走過來的，是看起來年紀和美世相仿，一張美麗臉蛋散發出凜然氣質的女性。

（不是只有男性能夠加入軍隊嗎？）

正當美世感到不解時，和她對上視線的女性朝她露出微笑。

她是一名就連同性都會看得入迷的麗人。除了擁有身為女性的陰柔美以外，和男性同樣適合帥氣軍裝打扮的她，簡直宛如一名優秀的舞台演員。

好不容易降溫的臉頰，現在似乎又要因為不同的理由而開始發燙。

「妳來得正好，陣之內。坐吧。」

「是。失禮了。」

清霞以「陣之內」稱呼這名女性，讓她在美世對面的沙發上就座後，自己也以極其自然的動作在美世身旁坐下。

「抱歉，突然從舊都把妳找過來。」

「不，請別這麼說。好久不見了，久堂先生。」

和這名女性面對面坐著時，美世發現滿面笑容的她，給人一種很好親近的印象，看起來是一名個性溫柔又善良的女性。

「美世，這位是陣之內薰子。她平常任職於舊都的對異特務第二小隊，我請她過來幫忙填補五道的空缺。今後，將由她負責擔任妳的貼身保鏢。陣之內，這位是我的未婚妻齋森美世。」

聽到清霞這麼介紹後，女性——薰子端正自己的坐姿，正式向美世打招呼。

「我是陣之內薰子，請多多指教。」

「我是齋森美世，我才要請您多多指教。」

不僅有著出色的外貌，行為舉止也相當端莊有禮。儘管這樣的薰子讓自己有幾分相形見絀，美世仍確實回應她的問候。

薰子微笑著朝美世伸出一隻手。

「請問，我可以稱呼妳美世小姐嗎？」

「好……好的。請您隨意。」

「妳的名字很美呢。我一直很好奇久堂先生的未婚妻會是個什麼樣的人，現在看到這麼溫和賢淑的妳，我有種恍然大悟的感覺。」

比起外表給人的印象，薰子的說話語氣感覺更活潑爽朗。

美世握住薰子伸過來的那隻手，和她友好地握手。生著女性骨架的那隻手雖然偏細，卻因為長年握劍而顯得有些堅硬粗糙，但同時，也相當溫暖。

（太好了……感覺她是個好人。）

若是內心懷有嫌棄或惡意，無論再怎麼試圖掩飾，多少還是會從嗓音之中洩露出來。

至少，薰子並不會讓美世感覺不舒服，她想必不是一個壞人吧。這樣的話，美世就希望能跟她好好相處。

「陣之內，我想委託妳擔任美世的貼身保鏢。」

聽到清霞這麼說，薰子以嚴肅的表情點點頭。

「是。」

「我想妳應該也很清楚，擔任美世的貼身保鏢，在最壞的情況下，妳有可能會是第一個和異能心教的異能者，以及甘水對峙的人物。比起其他人，妳遭遇危險的可能性更高。」

「沒問題的，我願意接下這個職責。」

「抱歉，原本是打算讓妳過來代替五道的……」

「沒關係。由同樣身為女性的我來擔任貼身保鏢的話，應該各方面都會方便許多。再說，我跟您都已經是這種交情了嘛。」

薰子這句感覺意味深長的發言，讓美世有些在意。

清霞和薰子的交情。

除了上司和下屬、或是同事之間的情誼以外，這兩人還有什麼交情嗎？更何況，薰子是任職於舊都的軍人，倘若她和清霞之間沒有什麼特別的交集，應該不至於做出這樣的發言才對。

這句話究竟是什麼意思呢——美世總覺得有點想問、又不太想問。

（我……我不想一直悶悶地胡思亂想下去！）

於是，美世下定決心開口。

「請問，您們兩位……是什麼樣的交情呢？」

「咦？噢，其實，我過去曾經是久堂先生的未婚妻人選之一。」

「咦……」

美世不禁直直望向薰子美麗的笑臉。因為太過震撼，她說不出半句話。

她當然知道清霞過去曾有過許多未婚妻人選，以及這些女性最後沒有半個願意留在他身邊的事實。

不過，這是她第一次實際見到對方，所以也徹底愣住了。

「喂，別舊事重提啦。」

「啊，不好意思，妳聽了可能會不太舒服吧？請別在意喔。」

「妳這個人真是……」

「真的很抱歉！我不會再提了。」

「……」

不知該作何反應的美世只能沉默下來。

就算薰子要她別在意，然而，一旦得知了這樣的事實，她實在無法不去在意。若是薰子和清霞有正式締結婚約，那麼清霞身旁的位子，就不可能輪到美世來坐。

更何況，這兩人現在看起來也仍是感情融洽的狀態，會不會——

（我在想什麼愚蠢的事情呢？）

現在，清霞已經跟美世締結了婚約。他不但相當珍惜美世，同時也是個誠懇正直的人。不可能因為薰子再次出現，就發生什麼變化。自己明明是這麼深信不疑的。

「雖然還不成氣候，但我會盡全力保護妳的安全，請多多指教，美世小姐。」

「好、好的……我才應該請您多多指教。」

儘管以笑容回應薰子，美世的內心卻是烏雲密布。

隨著開會的時間接近，三人一起移動到會議室。

因為「未婚妻人選」一詞一直緊緊黏在腦中，連之前的對話內容，美世都記不太清楚了。

（不行，我得轉換一下心情才可以。）

既然被找來一同出席會議，就表示其他與會者有可能會徵詢美世的意見或證詞。要是一直發呆，結果只能以「抱歉，我剛剛沒在聽」回應對方，想必會讓眾人對自己的印象跌到谷底。

一行人踏進會議室裡頭後，裡頭的與會者還很少。

「美世，妳的座位在這裡。」

清霞指示的座位，就在他所坐的最後方座位的旁邊。

在之前和甘水的那場邂逅之後，今天是軍方首次召開正式的會議。要求美世一同出席的理由，似乎是希望讓身為當事人的她，基於「曾和甘水接觸過的人物」這樣的立場，一起了解軍方今後的行事方針。

照理來說，就算是當事人，非軍方人士一般並不會涉入得這麼深。

但這次，甘水已經向美世明言表示自己會再次前來拜訪她。軍方或許是判斷，繼續讓美世維持一無所知的狀態，反而會更危險吧。

「是，謝謝您。」

美世靜靜地在清霞指示的位子上坐下。

剛踏出家門時，她原本還滿懷幹勁；然而，一旦真的來到會議現場，她卻又因為自己的格格不入而感到如坐針氈。

而且，美世尚未完全擺脫方才所受到的震撼。只要一個不注意，她就會不自覺地盯著坐在一段距離外的薰子，不愉快的想像也跟著浮現在腦中。

（我得振作一點。）

儘管很在意這兩人的過去，但美世現在是身為隊長的清霞的未婚妻。她可不能在他工作的地方，在他的下屬面前失態。

懷抱著不自在的心情靜待片刻後，與會者陸陸續續踏進會議室裡頭。

能夠參加這場會議的，僅限於對異特務小隊之中階級在班長以上的人物，也就是秉持實力至上原則的對異特務小隊裡頭的菁英豪傑。除了身型壯碩的男性以外，也有看起來極為平凡的青年。

不過，在這群與會者之中，最獨特的莫過於做軍服打扮的唯一一名女性，也就是薰子。

「各位，辛苦了。」

最後踏入會議室的人，是身為小隊總負責人的大海渡。在場的所有人都起立向他一鞠躬。

「請大家放輕鬆就座吧。」

在他這麼說之後，眾人各自坐回座位上，會議也在嚴肅的氣氛下展開。

桌前的座位還有一個是空的。美世有聽說新會代表薄刃家出席這場會議，但即使到了開會時間，仍不見他現身。

（雖然有點擔心，但這恐怕不是我能開口干涉的事情呢。）

希望他不是在前來的途中遭逢什麼意外，或是受傷了才好。在美世思考這些的時候，屬於她的那份會議資料傳來手邊。

（好……好難懂呀。）

美世大致看了一遍，但資料裡頭充斥著專業用語，她幾乎有一半都看不懂。要是連大家的討論內容都聽不懂，恐怕就只能事後再直接請教清霞了。

待與會者都拿到會議資料，大致確認過討論議題和進行順序後，清霞開口了。

「這次，基於和異能心教相對峙的現況，為了填補人力，我請舊都的對異特務第二小隊調派一名隊員過來。現在向大家介紹——陣之內。」

「是！」

薰子開朗清澈的嗓音迴盪在室內，與會者的視線全都集中在起立的她身上。

「陣之內薰子，直到幾年前她都任職於這個值勤所，在場者應該多半都認識她。」

薰子挺直背脊，向所有與會者行舉手禮。

「我是陣之內薰子。第二小隊的隊長判斷讓熟悉帝都的人過來會比較妥當，因此任命我前來。我會連五道先生的份一起盡心盡力。還請各位多多指教！」

聽到薰子的介紹後，美世有種恍然大悟的感覺。

既然過去曾經待在帝都，就代表她和清霞共事過，所以，就算兩人的關係不錯，也沒什麼好奇怪的。

只是，能夠理解是一回事，能不能接受又是另外一回事了。美世想相信這兩人交情特別好的原因，在於「因為曾在相同的職場工作」，而不是「因為薰子過去曾是清霞的未婚妻人選」。

（不對，真要說的話，無論老爺想跟誰建立起融洽的關係，都是他的自由呀。）

無憑無據地針對薰子這個人挑毛病，並不是一件好事。為了擺脫腦中愈來愈負面的想法，美世重重吐出一口氣。

不過，她曾聽說若是少了五道這個戰力，會為小隊帶來很大的影響。美世無法正確掌握五道的實力水準，但既然能當上清霞的副官，他的力量想必不容小覷。

為了填補他的空缺而被找過來的薰子，想必也跟五道同樣優秀。

要說心裡不羨慕的話，是騙人的。

「關於要交給陣之內負責的業務，之後我會再次確認。接下來——」

待薰子就座，眾人開始討論下一個議題。

站在軍方的立場、以及對異特務小隊的立場，針對異能心教引爆據點的行動，以及此舉造成的損害詳情，討論今後所應採行的行動方針。該討論的議題從來沒少過。

片刻後，討論議題終於進展到甘水及其下屬的相關內容。負責進行報告的，是年紀大約在三十歲上下，名為百足山的一名班長。

「我們針對曾和隊長交手的那名人物進行調查，並將結果記載在資料當中。」

「是寶上家的人嗎？不過，藏身地點不明的異能者，現在應該不存在才對啊。」

美世跟著望向手邊的資料。

因為擁有的力量相當強大，異能者的出身經歷和居住地等情報，一直都是統一由國家進行管理。要是有異能者企圖做出不法勾當，政府便能在引發重大問題前解決掉他們。

然而，在清霞和美世留宿久堂家別墅的期間，曾和清霞交手的這名寶上家的異能者，卻能夠擺脫國家的監視體系，以異能心教成員的身分參與他們先前的計畫。這理應是不可能發生的事情才對。

為了回應清霞的疑問，百足山繼續往下報告。

「關於這點……狀況實在相當弔詭。負責監視異能者的國家機關，並沒有怠慢職守的跡象。但不知為何，機關已經許久都無法掌握到寶上的行蹤。而且，甚至沒有任何一個人對這樣的事態產生疑問。」

聽到百足山的說明，與會者們全都一臉疑惑。

明明有確實執行監視業務，但在無法確認寶上的去向後，卻完全沒有對這樣的狀況起疑。這究竟是……

「這是什麼意思？」

「就算您這麼問……本人也回答不出個所以然，本人只能就自己知道的部分向您報告。」

「唔……」

大海渡皺眉，然後重重嘆了一口氣。

聽完這段不得要領的報告，清霞同樣皺起眉頭。其他與會者的反應也大同小異。

「判斷這是甘水的——和薄刃相同性質的異能所為，或許比較恰當吧……這很明顯是當事人的精神世界或腦內遭到干涉了。」

美世猛地抬起頭，望向自己的未婚夫。

目前，還無人能夠確實掌握甘水擁有什麼樣的異能。而且，為了確認這一點而受邀一同出席會議的新，目前仍不見蹤影。

「如果鶴木……不，如果薄刃新也在場的話，直接問他會比較快吧。他人呢？」

聽到眉頭深鎖的大海渡這麼問，室內的空氣一下子變得動盪不安。

諸如「雖說是堯人大人下旨，但竟然要我們跟薄刃合作」、「薄刃不值得信賴」這類的低聲討論，斷斷續續傳進美世耳中。

關於薄刃家平常對外是使用「鶴木」這個姓氏一事，現在已成了公開的祕密。今年夏天，在天皇從政治舞台上退隱後，基於堯人皇子的要求，這件事將不再被視為國家機密。

從整個國家的人口來看的話，現在，得知真相的人可能只有一小部分；但在異能者之間，則是以知道這件事的人居多。然而，薄刃家和其他代代承襲異能的家系，是不一樣的。

站在「負責制裁異能者」這種特殊立場上的薄刃家，多少都會讓其他異能者懷抱偏見，或是湧現歧視的心態。

能夠以原本的姓氏光明正大地活躍，固然是一件好事，但薄刃家仍是讓其他異能者敬而遠之的對象。這就是目前的狀況。

「若是薄刃新無法出席，就只能由我們主動聯絡他了。」

「——抱歉，我來晚了。」

就在清霞嘆著氣這麼開口時，新彷彿像是算準了時間那樣打開會議室大門。

「你太慢了。」

「非常抱歉，因為我那邊也一團混亂。人手實在不夠。」

「我能明白你很忙碌，但還是要守時才行。快點坐下吧。」

新一邊調整自己有些紊亂的呼吸，一邊在清霞附近唯一空著的座位上坐下。

在移動的時候，新想必也有聽到其他與會者中傷薄刃家的悄聲對話。不過，即使面對這般明顯的惡意，他臉上仍是一派的從容。

美世偷偷望向他，結果這位表哥以淺淺的微笑回應她。

「既然你姍姍來遲，應該就是有查出什麼成果吧？」

「嗯，算是吧，我已經查明甘水所擁有的異能了。」

原本人聲嘈雜的室內，因為新的這句發言，而變得一片鴉雀無聲。

剛才還對薄刃家成員表現出高度不信任的這群人，現在全都做好豎耳傾聽新的報告的準備。

朝這樣的眾人瞥了一眼後，新聳聳肩開口：

「不過，老實說，就算知道他擁有的是什麼樣的異能，我覺得恐怕也無法應對呢。那是一種極度危險，絕不能讓那個男人擁有的力量。」

看不見的緊繃情緒，在一片靜默之中蔓延開來。

「甘水直——他的異能能夠扭曲人類的五感。視覺、聽覺、味覺、嗅覺和觸覺……被我們的感官接收後，由大腦進行處理的每一種資訊，他都有辦法操控。」

「豈有此理！」

一名班長拍桌這麼怒吼。繼他之後，「真是難以置信」、「怎麼可能呢」、「這已經超過人類的領域」等感想接二連三傳來。

看著與會者們議論紛紛的模樣，新露出冷冷的眼神，清霞雙眉緊蹙，大海渡則像是在沉思些什麼。

（扭曲人類的五感？）

光是聽到這樣的敘述，或許還難以想像，然而，曾經親身體驗過這種異能的美世，此刻也只能發出嘆息。

就算在車站裡頭引發那樣的騷動，周遭的路人卻完全不引以為意。而且，甘水的身影感覺還會一晃眼就消失、或是突然出現。再加上寶上家的異能者還順利擺脫了政府的監視系統——這下子，一切恐怕都說得通了。

那個當下的異常光景，果然並非結界，而是異能所導致的現象。

——這是多麼駭人的能力呢。

此時，新以一貫冷靜的語氣再次開口。

「就算這樣七嘴八舌地議論，也無濟於事。只要那個男人有心，此刻，就算他想在不被任何人發現的情況下混進我們之中，也不是什麼困難的事情。他甚至也有可能徹底假扮成其他人。」

聽到他的發言，有人因錯愕而屏息。

僅是想像這樣的事態，便足以令人渾身打顫。一旦與甘水對峙，就代表自己最後可能會完全無法相信自身感官所獲得的情報。

「當然，他也並非能在不受任何制約的狀態下，恣意使用這樣的能力。我認為，他一天能發動力量的次數或許有限，而力量的有效範圍也有限。」

「儘管如此，但這樣的制約究竟能否視為他的弱點？我不是異能者，所以不方便針對這點發表看法，不過，跟甘水……跟異能心教的戰鬥，想必會成為一場條件嚴苛的苦戰吧。」

聽到大海渡這麼輕喃，眾人一同沉默下來。接著開口的人是清霞。

「誠如少將的意見，我們必須知曉敵方的弱點，確實做好相關準備。只是，為此，我們得先思考異能心教，以及甘水直真正的目的究竟為何。」

「唔，你說得沒錯。清霞，跟寶上對峙的時候，他似乎有明確告知你教團真正的目的？」

「是的。」

清霞針對造訪別墅時發生的事件進行說明。

雖然相關情報早已即時傳達給所有隊員，但清霞將重點放在異能心教的目的上，重新彙整過的報告內容，仍讓與會者們以極其認真的表情專注聆聽。

「將異形的一部分植入人類體內，藉此讓該名對象擁有異能……不過，這究竟是不是事實、是否真能夠實現，仍有待確認。」

清霞以平淡的語氣這麼說明。

真要說起來，大部分的異形其實都是擁有形體、卻又沒有形體的存在。異能者基本上可以看見或碰觸到它們，但一般人就不同了。

那麼，想要將這樣的物質植入一般人體內的話，又該怎麼做？

首先，必須讓異形附身在包含人類在內的某種生物身上，讓它們獲得形體。

但這麼做的話，會牽扯到國家機密等級的異能相關情報，而且就人道觀點來看，用來實證的相關實驗，恐怕難以在合法的狀況下進行。

因此，就算今後想確認異能心教的說詞是否屬實，然後早他們一步採取行動，恐怕也是困難重重。

「隊長，本人可以發言嗎？」

「說吧。」

清霞對舉起手的百足山點點頭。

「倘若真的有辦法把一般人變成異能者，這麼做的用意又是什麼？從您的報告聽來，感覺祖師——甘水是打算創造出一個嶄新的世界，然後成為那個世界的君王。既然這樣，本人覺得與其賜予一般人力量，直接展現自己身為異能者的強大一面，應該會比較快吧？」

百足山提出的這個疑問，可說是一針見血。異能者也是人，而非神祇之流。儘管如此，他們仍是各方面都凌駕於一般人之上的存在。

除了能夠驅使異能以外，異能者基本上都擁有強韌的肉體，不太容易生病或受傷。此外，他們的體能也比一般人優秀許多。更何況，薄刃的能力又凌駕於其他異能者之上。

這方面的知識，美世曾在接受新和清霞之姊葉月的指導時學習過。

「這八成是他對自己的力量，亦即薄刃的異能充滿自信的表現吧。應該說，這是甘水認為自己比一般異能者更加突出，而表現出來的自負行為？而且——」

說著，清霞將視線轉往美世身上。發現其他與會者也跟著望向自己，美世不禁緊張得全身僵硬。

「倘若這是甘水行動的原理，那麼，他絕對會想要得到『夢見之力』。」

「『夢見之力』可說是薄刃家的一切。在我的親戚之中，甚至有人把這種力量當成神蹟一般崇拜。身為分家一員的甘水，想必也是如此吧。」

新接在清霞後面這麼補充，然後清霞又繼續往下說：

「他必定會對擁有『夢見之力』的異能者，亦即我身旁的齋森美世出手。無須主動進攻，做好萬全的迎擊準備，才是我們的首要任務。為此，我的小隊今後將會以保護她的人身安全為主，並在這樣的狀態下和異能心教對峙。」

「隊長。您說要保護她的人身安全，那麼，具體上該怎麼做？」

「唔。清霞，你目前的住處，戒備體制應該也是萬無一失……」

聽到其中一名與會的班長提出來的疑問，大海渡輕撫下巴陷入沉思。

「對方可是一名強敵。就算派遣優秀的貼身保鏢跟在她身旁，恐怕也只能發揮爭取時間的作用。真要發生什麼事的話，如果你無法及時趕到現場，就無計可施了啊。」

「從明天開始，我會讓她每天跟著我一起來值勤所。」

清霞或許早就料到大海渡會提出這樣的看法了吧。這兩人的對話，聽起來彷彿像是早已商量過這件事。

一旁的新鋒聳肩插嘴。

「倘若白天也能有少校陪在身旁，想必沒有比這更令人放心的安排了吧。我也很想支援貼身保鏢的任務，但因為還有薄刃那邊的工作得處理，所以無法經常陪著美世呢。」

「妳願意接受這樣的安排嗎？」

被大海渡這麼問，美世猛然抬起頭。

方才，在清霞的辦公室裡頭聽他提及這個計畫時，美世便一直在思考。

非軍方相關人士的自己，究竟適不適合長時間待在軍方設施裡頭——就算先撇開這個問題不談，美世也很擔心自己會妨礙清霞辦公。

「老實說出妳想怎麼做吧。至於妳待在這裡會不會影響到我值勤，並不成問題。事情演變成現在這樣，就沒有比保護妳更來得重要的工作了。」

清霞這番像是看透美世內心的發言，成了鼓勵她的力量。美世點點頭。

「是。倘若能讓我待在這裡的話，我也會……比較放心。」

「那就這麼決定了。」

說著，大海渡從桌前起身。

「那麼，極可能是甘水直下手目標的齋森美世，從今天開始受到對異特務小隊保護。我會負責向上頭申請許可。有人有其他意見嗎？」

無人回應這名長官的質問。片刻後，「我沒意見」的輕喃聲陸陸續續傳來。

「那麼，請大家各自返回自己的崗位上，確實做好和異能心教交戰的相關準備。解散。」

◇◇◇

踏出對異特務小隊的值勤所後，新快步走在帝都的街頭。

（再這樣下去，絕對無法贏過甘水。）

他的表情自然而然地變得嚴肅起來。

動員薄刃家調查甘水的實力後，新可以斷言一件事。甘水直很強。遠比他還要強太多了。

雖然甘水家只是分家，但在甘水直這一代，薄刃的異能者數量比現在更多，能力也更加優秀，就像他和薄刃澄美那樣。

能夠阻止薄刃異能者的，恐怕只有同為薄刃異能者的存在了吧。但現在，沒有人有能力阻止甘水，就連新也無能為力。

不過，就算不是薄刃的異能者，倘若是擁有像清霞那般強大的異能和戰鬥能力的人物，或許還能與甘水平分秋色，然而，這樣的異能者幾乎不存在。更何況，敵方陣營除了寶上的異能者以外，還不知道有多少異能者聽令於甘水行事。

就這樣開戰的話，他們絕對會敗仗下來。

（他是薄刃一族之恥……）

自從聽聞甘水直這號人物的存在，新便一直這麼想。他認為所有的責任都在於薄刃家。

沒能早些處決掉危險人物的罪過、沒能確實掌握背叛一族之人的行蹤的罪過。

這是無法推卸的責任。薄刃家總是大言不慚地主張一族長年以來，一直都在嚴守紀律的狀態下生存至今，但同時，他們卻也企圖遺忘那個男人的存在。最後便造成了這樣的結果。

（最壞的情況下，只要美世平安無事，薄刃家就能延續下去。）

既然明白甘水的目標是美世，新無論如何都得好好保護她。即使必須為此而離開美世身邊也一樣。

一陣冷風迎面而來。新停下腳步，閉上雙眼。

身為祖父的義浪，想必會表示當初放任甘水恣意妄為的責任，不需要由新獨自扛起吧。肩負著薄刃一族的未來的他，並無法為過去發生的事做些什麼。

儘管如此，身為代代守護夢見巫女的人……有時必須為了成就某些目標，而做出某種犧牲。

——寧可錯殺一百，也不能錯放一人，他會以自己的這雙手來了結甘水。

新睜開雙眼，低頭俯瞰自己的掌心。

他一定會揪出異能心教、還有甘水的弱點，然後擊潰他們，這都是為了讓薄刃家能夠毫無後顧之憂，清清白白地存續下去。

或許，這正是新以薄刃家異能者的身分生存至今的意義。

「雖然讓人有些不悅就是了。」

交由清霞保護的話，美世就不會有危險。就算新暫時離開她身邊，也不會有問題。

他只要在這段期間找出打敗甘水的方法即可，而且，還要盡可能趁早打敗他。

呼出一口白色的氣息後，新筆直望向前方，在寒冬的街頭上繼續前進。

第二章　第一個朋友

美世久違地做了一個夢。

回過神來的時候，她發現自己站在一棟陌生，看起來歷史悠久的木造建築外頭。

『欸，直，你又跟人打架了嗎？』

一個年輕女性的嗓音，迴盪在被溫暖陽光籠罩的庭園裡。

那是個美世熟悉的嗓音——她的生母齋森澄美的聲音。

不過，比起美世記憶中的母親，現在這個嗓音聽起來更加活潑開朗。因此，她判斷這個夢境，或許是澄美遠嫁齋森家之前的某一天的光景吧。

美世移動自己的視線，發現某棵有著翠綠葉片的樹木下方，站著一名露出笑容聳肩的年輕男子。

『先動手的是對方呢，我可是正當防衛喔。』

『騙人。既然這樣，為什麼你身上連個小擦傷都看不到，但對方卻傷重到必須住院？』

站在房舍的緣廊上俯瞰男子，同時雙手扠腰這麼質問他的，是一如美世所想的少女時期的澄美。

然而，跟過去在美世夢境中出現的澄美相較之下，少女時期的她給人的印象截然不同。

蓄著一頭動人的烏黑長髮，氣呼呼地鼓起腮幫子，看起來頂多十來歲的她，感覺是個充滿活力的女孩。

在齋森家的夢境之中出現的澄美，明明總是一臉悲傷、看起來彷彿隨時會消失的模樣。

『真瞞不過妳耶，澄美。可是，先主動找麻煩跟出手的人，真的都是對方呢。』

『……你知道嗎？你這樣的行為，叫做防衛過當喲。』

『哈哈哈，這樣啊～』

至於用笑容敷衍回應的這名青年，美世也有印象。前陣子，他才剛讓她留下一段恐懼的回憶。

甘水直。

在襯衫外頭套上和服，然後搭配一襲日式褲裙的他，打扮看起來像個讀書人。然而，在圓形鏡片後方的那雙眸子，同樣透出令人畏懼的犀利光芒。

（不對，比起現在……這時的他感覺比較沒那麼可怕呢。）

美世將前幾天遇見的甘水的容顏，和站在眼前的那名青年重疊起來。

從庭園裡仰望站在緣廊上的澄美的他，愛憐地瞇起雙眼，眼神看起來也很平靜。

『不要跟我打哈哈，我不是跟你說過好幾次了嗎？不可以施展暴力呀。』

『哎呀～因為我一時在氣頭上，所以不小心就……我下次會注意點，控制在不會讓對方被送往醫院的程度。』

『等一下，我的意思不是要你手下留情，而是要你不要施展暴力耶。你有聽懂我說的話嗎？』

『知道了，我知道了啦，公主殿下。』

『真是的，你老愛這樣得意忘形。』

嘆了一口氣之後，澄美又露出困擾的表情，輕笑著表示『真拿你沒辦法』。

和樂融融的氛圍籠罩著這兩人，看起來就像是正值花樣年華的少男少女極其普通的交流。

柔和、溫暖、卻又宛如泡沫那樣瞬間消散的過往回憶。

出現在美世眼前的，只是隨處可見的年輕人日常生活的一幕，平凡無奇到幾乎要令她落淚的程度。

甘水戀上了澄美，而澄美也傾心於他。美世強烈感受到這樣的事實。

夢見之力為何要讓自己看見這段回憶？現在，美世的異能應該沒有陷入失控狀態，所以，或許是她本人內心不自覺地渴望了解母親的過去吧。

（——這兩人原本是一對戀人嗎？）

就算這麼問，也無人能夠回答她。試著推敲真相後，一個令人不快的可能性從美世腦中閃過。

倘若美世的生父其實是甘水的話……

倘若她的生母和甘水原本是一對戀人，卻因為策略聯姻而被迫分開……

（這樣的話，我該怎麼辦…）

身為甘水的女兒，她是否必須替父親所犯下的種種罪行贖罪？又或者，她必須代替母親，為了長年以來欺瞞齋森家的行為向他們賠罪？

這兩者她都不願意做——這樣的想法，是否會成為美世本人的罪過？

令人不知所措的思緒滿溢出來，美世不禁以雙手掩住自己的臉。

『放心吧，澄美。我會一直保護妳、還有妳珍愛的一切……只要妳願意陪在我的身旁。』

甘水和前幾天完全無法比擬的溫柔嗓音傳來後，美世的夢就此打住。

召開會議的隔天。

從今天開始，美世白天都會在對異特務小隊的值勤所裡度過。

說得具體一點，她會過著早上跟清霞一起踏出家門、傍晚再一同返家的生活。這麼做的目的，主要是為了保護美世的人身安全，因此，雖然有擔任貼身保鏢的薰子陪在身旁，但美世的行動範圍仍十分有限。

也就是說，她幾乎一整天都會和清霞一起行動。而這樣的安排——

（總……總覺得坐也不是、站也不是呢。）

一如往常地在家裡用過早餐之後，和清霞一起出門，來到他工作的值勤所。到這個階段為止，都還沒什麼問題。

然而，和薰子碰面後，她們倆會一起在清霞辦公室的沙發上待著。這段期間，美世完全無事可做。

她望向辦公桌，清霞正以嚴肅的表情審視著桌上的文件。

在未婚夫認真辦公的時候，自己卻只能呆坐在一旁，等待他的下班時間到來。這讓美世有種尷尬又如坐針氈的感覺。

（可是，我擅自採取行動也不好……）

雖然想幫清霞的忙，但這想必沒這麼簡單。真要說起來，美世只是一名跟軍隊無關的外部人員，而且又還是受到保護的狀態。要是恣意行動，只會給人添麻煩而已。

「啊，我去泡茶過來吧。」

薰子舉起手這麼說，然後滿面笑容地步出辦公室。

泡茶的工作請交給我吧——儘管想這麼說，但美世不清楚這裡的茶水間在哪裡。薰子看起來駕輕就熟的模樣，讓她好生羨慕。

無法幫上任何忙，只能坐在沙發上發呆、單方面接受他人的保護，讓美世感到相當鬱悶。

（我真是沒出息呢……）

她悶悶不樂地這麼想的時候，捧著托盤的薰子踏著俐落的腳步返回辦公室。

「讓兩位久等了～」

語畢，她先是走到清霞身旁，將一只杯子放在他的辦公桌上。

「隊長，您喜歡咖啡對吧？」

「……噢，謝謝。真虧妳能記住啊。」

一瞬間微微蹙眉的清霞，在下一刻展露出笑容。原來他也會在上班時間露出這樣的表情嗎？美世不禁有些吃驚。

而薰子看起來也很開心。

「不客氣，和隊長有關的事，我可是統統都記得呢。」

「妳喔……」

露出壞心眼笑容回應清霞的薰子，看起來十分淘氣可愛。調侃上司雖然不是什麼值得稱讚的行為，但看在美世眼中，清霞似乎並不排斥這樣的互動交流。

（他們兩人的感情真的很好呢。）

仔細想想，美世對清霞工作中的模樣一無所知。

她也不知道原來清霞會喝咖啡。美世不懂如何沖泡咖啡這種流行的飲品，所以家裡只有綠茶。

美世是在今年春天和清霞相識，兩人相處的時間至今還不滿一年。

曾經跟清霞一起工作的薰子，想必比美世更要來得了解他。

不過，說起來，結婚原本就是這麼一回事吧。大家都是跟陌生的對象相親，然後結為夫婦，再透過婚後生活互相了解。

儘管腦中理性的部分很明白這一點，但察覺到自己和薰子之間的差異後，美世仍覺得內心有種悶悶的感覺。

「美世小姐，請用。」

「謝……謝謝……您。」

為了掩飾自己有些陰鬱的心，美世堆出笑容，從薰子手中接過茶杯。

這樣不行。薰子都已經表現出如此友善的態度了，她可不能沉著一張臉，把彼此之間的氣氛弄僵。

而且，清霞必定也是因為對薰子信賴有加，才會委託她擔任美世的貼身保鏢。這正是他真心為美世著想的表現。

沒有任何值得感到不滿的事情。

（我得找找自己也能做的事才行。）

就算無法協助處理軍方的事務，美世至少也能做一些打雜的工作，例如端茶、捶背等等。只要不離開這個值勤所，她就不至於落單；發生什麼事的話，清霞也可以立刻趕到她的身邊，所以應該很安全……美世是這麼想的。

好——在內心這麼重新振作之後，美世飲盡杯中的茶水，然後從沙發上起身。

「那……那個，老爺。」

「怎麼了？」

開口回應的時候，清霞的一雙眼睛仍沒有離開自己的辦公桌。但美世沒有氣餒，繼續往下說。

「請您給我一份工作吧。」

聽到她這麼說，清霞詫異地抬起頭來。發現美世直直望著自己後，他嘆了一口氣，放下手中的鋼筆。

「不可以。」

「為……為什麼呢？」

「因為很危險。」

「可是——」

「沒有什麼好可是的，就連這個瞬間，盯上妳的甘水，說不定都打算伺機而動。」

清霞的語氣並不強硬。不過，被他這麼一說，美世也無法反駁半個字。

關於戒護方面的問題，美世完全是一竅不通，只能照著這方面的專家——亦即身為軍人的清霞的指示去做。

然而，如果就這樣妥協的話，她今後都只能像一尊雕像似地坐在這裡了。

「真……真的無論如何都不可以嗎？」

「妳未免太勤快了。妳平常總是努力過頭，趁現在這個機會過得悠哉一點，不是很好嗎？」

「悠……悠哉……」

沒有比這兩個字更讓美世困惑的東西了。

對她來說，悠哉地放鬆休息，遠比一直埋頭工作更要來得困難。

「之前去別墅的時候，妳不是也一直忙東忙西的嗎？」

「但那時候的情況和現在是兩回事呀……」

「妳最近真的特別不聽我的話啊。」

看到清霞皺起眉頭、像是在鬧彆扭的反應，美世失去了想要竭盡全力反駁的動力。

她並不是什麼特別勤快的人。

只是，在美世過去的人生當中，「閒暇」這樣的概念完全不存在。因此，就算突然說她可以自由活動，她也只覺得不知所措。

畢竟比起什麼事都不做地靜靜待著，找點事情來忙，反而能讓美世感到加倍自在。

更何況——

「可是，我也想做點什麼，因為我也是流著薄刃之血的人。」

問題不在於甘水可能是自己的生父，或是他是個什麼樣的人。

薄刃家——美世的外祖父義浪和新，願意認同她是這個家的一分子。所以，面對同樣是薄刃族人的甘水，美世無法裝作什麼都不知道。

身為血族的一員，她認為自己同樣有應該背負的責任，而且也希望自己能有這樣的責任。

「可是啊——」

「這樣不是很好嗎，隊長？我會從旁好好保護美世小姐的！」

以拳頭搥了搥自己的胸口，然後這麼宣言的薰子，看起來相當可靠。

「陣之內小姐。」

有同樣身為軍人的她幫自己說話，清霞想必也會妥協吧——稍稍感到放心的下一刻，美世再次發現自己還是太天真了。

「陣之內，妳想得太輕鬆了。對方可是那個甘水直，不管妳的力量多麼可靠，對他而言都無關緊要。只要一個不留意，可能就會在轉眼間被他奪走性命。」

清霞瞇起雙眼，對薰子投去相當犀利的視線，但薰子也不甘示弱地回瞪他。

「我並不是想得太輕鬆。只是，我覺得要自己保護的對象一直維持安分守己的態度，或許跟『我有好好保護她』是兩回事。至少，對我來說，貼身保鏢的任務應該不是這樣子才對。」

「……妳這番發言還真是自大。」

「在舊都，我好歹也是一名身手矯健的女性軍人呢。畢竟，就算不情願，每天也得接受嚴格的鍛鍊嘛。」

「拜託您，老爺，我不會給大家添麻煩的。我會確實聽從陣之內小姐說的話，也不會離開這個值勤所一步。所以——」

聽到美世這麼央求，清霞露出一臉無言以對的表情，再次嘆了一口氣。

「唉……真拿妳沒辦法。不過，我不能讓妳接觸軍務，所以妳真的只能做一些很簡單的雜務而已。這樣沒關係嗎？」

「是的，我不介意。」

美世以堅定的語氣這麼回應後，清霞無奈地以手扶額。

看到清霞的反應，美世深深體會到自己似乎又得讓他多費心費力了。而實際上想必也是這樣沒錯吧。

她突然覺得自己的幹勁一口氣萎縮下來，還愧疚到幾乎想要收回剛才所說的話。

「美世，妳又在想一些無謂的事情了吧？」

「咦！」

內心想法瞬間被清霞看穿，讓美世不禁雙肩一震。

總會一直、一直把事情往壞的方向想，可以說是美世的習慣之一了。打從一開始就做出悲觀想像的話，便能把自己所受到的傷害降到最低。

儘管知道自己的思考模式太過負面、卑微，但想要改掉，實在也很困難。

不過，清霞只是對美世露出微笑，彷彿已經連她的這一點都徹底明白了似的。

「美世。」

「是……是。」

「我好歹也想當個能夠滿足未婚妻任性要求的大器男人，妳就別在意了。」

這句發言沒有什麼特別之處。若是感情融洽的未婚夫婦，這樣的對話想必只是家常便飯。

然而，美世卻感覺臉頰像是有火在燒那樣滾燙。

她為清霞說自己任性而感到難為情，同時又覺得他的微笑，看起來充滿對自己真心流露的愛憐——這兩種感情各占了一半。

他是會這樣縱容別人的男人嗎？

總覺得眼前的光景對心臟不太好，幾乎要因此而感到暈眩的美世，連忙別開自己的視線。

「那……那個，好的，非常……感謝您……」

聽到她在呼吸變得急促的狀態下勉強擠出的回應，清霞看似滿足地點點頭。

「不過，比起工作，應該要先讓妳了解這棟建築物的內部構造比較妥當。妳今天就先在值勤所裡頭四處參觀如何？」

「啊，這樣的話，我就同時擔任美世小姐的貼身保鏢和嚮導吧。」

薰子開朗地毛遂自薦。這次，清霞爽快地接納了她的提議。

「說得也是，交給妳了。」

「請您多多指教，陣之內小姐。」

「包在我身上吧！我會好好替妳做介紹的。」

於是，美世今天的行程，就是和擔任貼身保鏢的薰子一同在值勤所裡頭參觀——原本應該是這樣的。

準備離開辦公室時，清霞絮絮叨叨地叮嚀起來。

「聽好了。我會一直待在這裡工作，發生什麼事的話，馬上過來找我。」

「是。」

「妳絕對不能離開值勤所的腹地範圍。就算身邊有貼身保鏢陪著，也不能太過大意。」

「是。」

「那……那個，隊長……」

「無論其他隊員跟妳說了什麼，隨便敷衍回應就好，只要簡短打過招呼就行了。明白了嗎？」

「是。」

「要是有人對妳做出失禮的言行舉止，妳就馬上逃開，回來這裡向我報——」

「等等，隊長！再這樣下去，都要沒時間參觀了呀。」

眼看清霞的耳提面命完全沒有要結束的跡象，再也受不了的薰子不禁一臉沒好氣地出聲制止。

至於被下屬制止的清霞本人，則是露出了有點不悅的表情。

「陣之內，我說的這些，都是有必要再三交代的注意事項。」

「不不不，您已經說得夠清楚明白了。我會好好保護美世小姐的。」

看到薰子以「對吧？」尋求自己的同意，美世輕輕點了點頭。

清霞偶爾會表現出過度擔心美世的一面。美世很清楚甘水是個極其危險的存在，看到清霞這般擔心自己，也讓她覺得很開心。不過，畢竟她已經不是小孩子了，聽著清霞的囑咐時，她的內心其實也浮現了「老爺不需要這樣一一叮嚀呀」的小小不滿。

「我知道了……妳們自己多小心吧。」

說著，清霞伸出大大的掌心，溫柔地輕撫美世的頭。

儘管這讓美世有種被當成小孩子的感覺，但她還是不自覺羞紅了雙頰。

「是。非常感謝您，老爺。」

「嗯。」

害羞得連頭都抬不起來的美世，就這樣和薰子一起離開了辦公室。

◇◇◇

目送未婚妻和下屬的背影離去的清霞，在辦公室大門關上後，不禁輕輕吐出一口氣。

（……我究竟想怎麼做呢？）

對於美世，他心中一直懷抱著憐愛之情——至少清霞本人是這麼想的。

他想要守護遍體鱗傷的她，想要好好珍惜她。在和美世互相了解，體會過和她共度的日子後，他這樣的想法依舊沒有改變。

不過，在一開始的時候，這並不是戀愛的「愛」那樣的感情。

（在被前任當家點醒之前，我竟然都渾然不覺……還真是沒出息啊。）

被父親一語道破這就是「愛」，也因此萌生自覺之後，清霞便再也無法忽略自己心中懷抱的那份情感。

他深深地坐進椅子裡，望向自己的辦公桌桌面。

他這輩子都會好好珍惜美世——這是清霞打從一開始就決定好的事情，但現在，他卻忍不住想要渴求更多。

他不會奢求美世以同樣的情感回應自己。

他只是想好好珍惜美世，讓她不再受傷或掉眼淚。也不願讓她被捲入危險之中。可以的話，他甚至希望美世永遠不要離開自己的視線範圍之內，一直待在他身邊。

「……」

這是何等危險的想法啊。自己究竟在想些什麼？內心突然湧現羞愧之情的清霞，不禁抬頭仰望天花板。

美世每天都在成長。現在的她，已經跟剛來到清霞身邊的她截然不同。

無論看在誰的眼裡，美世都已經是一名端莊典雅的淑女，也能夠以大方自然的態度和任何人相處。這是美世本人和清霞都渴望看到的結果，然而——

在內心的某個角落，清霞其實希望美世可以就這樣一直待在自己身邊，不要離開他前往任何地方。要是能把美世關在一個甘水或其他人都無法觸及的地方，自己的心不知道會變得多麼平靜呢。

（無聊……這是我只顧著讓自己輕鬆一點的膚淺欲望啊。）

儘管為甘水的發言、或是他這個人的存在畏懼不已，卻仍努力按捺這樣的情緒，表現出堅強的一面。每當看到這樣的美世，清霞就忍不住開始思考，究竟該怎麼做，才能保護她免於一切的恐懼和悲傷。

思考至此，清霞搖搖頭，甩去腦中不切實際的雜念。

總之，美世已經有所轉變了。即使是才剛認識的薰子，美世想必也能跟她相處得很好。再說，就算彼此是未婚夫婦的關係，清霞也不能限制她的自由。

所以，這樣就可以了。

（在春天到來之前，絕對要抓到甘水。）

既然不想讓美世傷心難過，現在，他就更應該盡可能早點解決掉甘水和異能心教才對。

清霞將視線移往手邊的資料上。

甘水究竟是不是美世的父親？——倘若美世的生父真的是他，現況可能會被徹底顛覆。

調查結果指出，將薄刃澄美結婚的時間點和美世出生的時間點加以比對後，美世的父親極有可能就是齋森真一。不過，凡事都沒有絕對。無人能確切否定薄刃澄美在出嫁後跟甘水私會的可能性。

倘若甘水真的是美世的親生父親，他就有理由對美世行使身為父親的權利。另一方面，如果甘水是基於某種企圖，才將美世稱作自己的女兒，就代表美世是這般讓他望眼欲穿的存在。

無論是何者，事到如今，已經無法避免美世捲入這場風波了。

（該怎麼做呢……）

在盡可能不讓美世遭遇危險的狀態下，和甘水對峙，然後逮捕他的方法……

清霞陷入找不到出口的沉思之中。

◇◇◇

不知道是不是多心了，美世總覺得自己在走廊上前進的腳步有點快。

看著她像是想要逃離清霞那樣快步前進的背影，薰子不禁輕笑出聲。

「原來隊長在面對自己的未婚妻時，會變成那種樣子呀。我很意外呢。」

「……在工作時的老爺，感覺想必不是這樣吧？」

聽到薰子這麼說，美世停下腳步，用手按上自己發燙的臉頰，轉過身這麼輕聲開口。

「那當然嘍，畢竟隊長平常是個對自己跟別人都很嚴厲的人。」

「他對您也很嚴厲嗎，陣之內小姐？因為您……那個……您過去是老爺的未婚妻人選之一吧？」

雖然是個不怎麼願意提起的問題，但實在過於在意這件事的美世，一不小心還是說出口了。

（我這個傻瓜……）

要是薰子回以肯定，美世就會忍不住想像她和清霞一起工作的光景；然而，如果薰子回以否定，這又會讓美世理解到她過去曾是個特別的存在，而為此感到苦澀不已。

沒有比這更愚蠢的提問了。

不知道是不是察覺到美世內心的想法了，薰子一臉若無其事地笑著回答：

「他可不曾那樣包容過我的任性要求呢，所以，我剛才真的是嚇了一跳。我還是第一次目睹久堂先生用如此放鬆的表情和別人說話，再加上他之後又嘮嘮叨叨地叮嚀了一堆，我都想調侃他『你這幾年到底發生什麼事了呀』這樣呢。」

將手扶上後腦勺，爽朗地哈哈地笑的薰子，看起來十分耀眼。

「是……這樣呀。」

「就是這樣呢。不過，我很清楚隊長雖然態度嚴厲，但其實是個相當溫柔的人。」

無意間瞄到薰子臉上柔和的表情，讓美世的心微微刺痛起來。

聽聞她也能理解清霞的溫柔之後，美世總覺得自己無法直視薰子的臉了。

對話就此中斷，兩人再次並肩邁開步伐。

過了半晌，薰子突然說了一句「啊，對了」然後以拳頭輕敲另一隻手的掌心。

「有一件事，我一直都很想跟妳說呢，美世小姐。」

「什麼事呢？」

美世仰望走在自己身旁的薰子問道。就女性而言，身材算是比較高挑的薰子，帶著充滿期待的一雙眸子轉過頭來。

「其實，我們的年齡很相近喔。我今年二十歲。」

「啊……是的，的確很相近呢。」

美世明年就滿二十歲了，看來薰子比她大一歲。

這麼說來，在至今為止的人生當中，美世鮮少結識和自己年齡相仿的女性。

就算試著回憶，她所記得的，也只有念小學時認識的朋友、娘家的幾名幫傭、以及自己同父異母的妹妹而已。

能夠像這樣認識薰子、跟她聊天，可說是相當難能可貴的機會。

「我覺得我們的共通點應該很多呢。例如到了這個年紀還沒結婚、是異能者，而且又都是美女。」

聽到薰子半開玩笑地這麼說，美世也忍不住跟著輕笑出聲。

雖然她壓根不認為自己是美女，但薰子這句不帶半點挖苦意味的玩笑話，讓她坦率地感到開心，同時又覺得很好笑。

「然後……呃，我想說的是，我覺得我們應該能成為不錯的朋友呢。」

「朋友……是嗎？」

「是的。畢竟接下來的好一陣子，我們白天都會長時間一起行動。而且，感覺我們也挺聊得來的，如果建立起一段能夠自在相處的關係，彼此也比較能放鬆吧？」

「……呃，嗯。」

「而且，我沒幾個朋友呢。如果妳願意跟我變得要好，我會很開心的。可以請妳當作是幫我一個忙，跟我交個朋友嗎？」

薰子停下腳步，帶著笑容朝美世伸出一隻手。該不該回握這隻手，讓美世猶豫了一下。

就算說要跟薰子當朋友，但美世過去從不曾結交過友人。關於想跟他人建立朋友關係時的具體做法，她沒有半點頭緒。

儘管如此，她內心的猶豫只維持了一瞬間。

美世怯生生地伸出自己的右手，握住薰子伸過來的手。

「若您不嫌棄這樣的我……今後還請多多指教。」

「太好了！我才要請妳多多指教呢！」

看到薰子打從心底感到喜悅、開心到幾乎要跳起來的模樣，美世覺得自己彷彿做了一件很棒的事。

除了站姿看起來挺拔又帥氣以外，薰子同時還擁有這般活潑可愛的一面，讓美世再次深深體會到她是一名相當有魅力的女性。

「那麼，可以不要說敬語了嗎？妳也可以用更普通的語氣跟我說話就好！另外，請妳不要叫我陣之內，直接叫我薰子吧。」

薰子以雙手握住美世的手，以一張帶著滿面笑容的美麗臉龐向她靠近。被薰子這樣的氣勢震懾住的美世，只能愣愣地點頭回應。

其實，她覺得薰子並不需要在意敬語或敬稱之類的問題。論地位的話，雖說身為清霞的未婚妻，但娘家勢力薄弱的美世，想必是地位比較低的一方。更何況，對軍方來說，她不過是一名不相關的外部人員。

就算讓薰子保護自己，也不代表美世的身分地位就比較高。

「真的嗎！謝謝妳。呼～太好了～沒有被妳拒絕。妳好溫柔呢，美世小姐。」

「不，畢竟我們之間原本就沒有地位高低的問題。不過，那個……直接用名字稱呼有點……」

「啊，會讓妳覺得不好開口嗎？」

「也……不是這樣……」

「請妳務必叫我薰子喲。其實，我不太喜歡被別人用姓氏稱呼呢。」

「咦……請問，這是為什麼呢？」

陣之內是個相當優秀的家系姓氏，沒有令人嫌棄的道理。

正當美世感到不解時，薰子垂下眉毛，以手指搔了搔自己的臉頰。

「該怎麼說呢，陣之內這個姓氏……感覺很剛強、或說是太有氣勢……」

「是這樣嗎？」

從字面上來看的話，確實不是什麼可愛的姓氏。雖然有著帥氣挺拔的樣貌，但難道薰子意外像個普通女性那樣，偏好可愛的東西嗎？

原來如此——或許是察覺到美世恍然大悟的反應了吧，眼前的軍裝麗人有些焦急地再次開口。

「呃，嗯，總之，就叫我薰子吧！」

「好的。」

看到美世點頭同意，薰子像是終於放心似地吐出一口氣，接著便以「那我們趕快走吧」催促她前進。

踩著走廊上軋軋作響的木頭地板前進片刻後，兩人來到掛著「茶水間」這塊牌子的一扇大門前。這裡似乎就是她們最初的目的地。

「那麼，美世小姐，首先，這裡是茶水間——」

興致勃勃地替美世介紹的同時，薰子心情極好地打開大門。然而，她的音量在說明途中瞬間變小，最後變成只是茫然地杵在原地。

看到薰子這樣的反應，有些擔心的美世跟著探頭望向茶水間裡頭。

（哇啊……）

沒有開燈的室內相當昏暗，感覺還充斥著冰冷潮濕的空氣。美世定睛一看，發現裡頭到處都是隨意堆放的雜物，只剩地板上勉強留有可以讓人走動的空間，看起來凌亂不堪。

不過，這樣的光景，只出現在美世的視野中一瞬間。

因為薰子「砰！」一聲用力關上了茶水間大門。

「啊！對喔。我都忘了，茶水間現在不能用呢！」

轉身望向美世的她，表情看起來相當僵硬，說話語氣也生硬到令人吃驚的程度。

說茶水間無法使用，好像太牽強了一點。

這間值勤所裡備有小型廚房和小型餐廳，所以或許可以在那裡沖泡茶水或咖啡。不過——剛剛才替清霞和美世沖泡飲料的，正是薰子本人，她不可能粗心大意到忘記這件事情。

不過，剛才匆匆一瞥時看到的那片慘況，或許跟無法使用也差不了多少就是。

「哎呀～跟妳介紹無法使用的設備，也沒有意義嘛！哈哈哈！」

以生硬的語氣繼續這麼說的同時，薰子的一雙眼睛也不斷在半空中游移。美世不禁愣愣地望著她。

沉默維持了數秒。

最後，看到薰子以像是舉白旗投降的表情詢問「妳看到了？」美世帶著幾分猶豫點點頭。

「……是的，我看到了。」

茶水間裡頭的那片慘況，恐怕是不太適合讓別人看到的東西。這點美世也能理解。

薰子無力地垂下雙肩，再次打開茶水間大門。

「這其實是有理由的。畢竟軍隊成員基本上都是男性，所以總會有很多方面的事情無法做得太完善。」

這間值勤所裡頭的成員清一色都是男性。

打掃和洗衣等工作，似乎是大家輪流進行。不過，不習慣這類家務的男性居多。再加上這裡是軍用設施，有許多無法對外公開的機密資訊，因此似乎也很難聘請外部的打雜人員進來幫忙。

就算交給實習生或是新人負責，但因為對異特務小隊長年處於人手不足的狀態，軍方通常會希望他們成為馬上能夠踏上戰場的要員，所以實在沒有多餘的心力去處理雜務。

「好……好驚人呢。」

再次往茶水間裡頭望時，美世可以確定裡頭真的是一片狼藉。

如果只是想燒一壺水來泡茶的話，看起來或許還不成問題，但這個充斥著灰塵和霉菌的環境——在衛生方面實在堪慮。

薰子嘆了一口氣，像是為了眼不見為淨那樣再次關上門。

「說不定，打從我還待在這個值勤所的時候，這間茶水間就不曾有人打掃過呢。」

「請問，從那時候到現在，大概過了多久的時間？」

「呃～應該有四、五年了吧？」

這是一段遠遠超過美世想像的時光。

在這段期間內，若是只做最基本的、足以讓茶水間勉強維持可用狀態的清掃工作的話，最後就會變成這副光景嗎？感覺是個讓人不太想知道的現實。

看到美世忍不住以手掩嘴的反應，薰子聳聳肩表示：

「所以，讓妳繼續看這片慘不忍睹的景象也不是辦法，我們去下一個地方吧。」

「好的。」

點頭回應薰子的時候，美世原本想自告奮勇來做打掃茶水間的工作，但在猶豫半晌後，還是決定先放棄。

畢竟薰子才領著她參觀到一半，而且，她最終還是得返回清霞的辦公室，針對這件事徵詢他的同意才行。

「好啦，那下一個目的地是——」

由薰子擔任嚮導在值勤所裡頭參觀的行程，比美世想像的更加有趣。

在茶水間之後，兩人又造訪了行政辦公室、資料室、中庭、廚房和餐廳。雖然沒能親眼看到更衣室和倉庫裡頭的模樣，但因為薰子在率先窺探這兩個地方時，都隨即發出「好髒！」的驚呼聲，所以，裡頭恐怕也像茶水間那樣凌亂不堪吧。

另一方面，這裡的餐廳規模雖然不大，但看起來整潔又美觀。

據說這個值勤所裡頭的餐廳，是由已經退伍的男性前軍人擔任廚師。薰子領著美世過來打招呼時，廚師本人剛好不在，所以沒能見到面。聽說他就像一般的專業人士那樣不太好相處，不過，因為有他的堅持，餐廳和廚房才得以維持這般清潔乾淨的模樣。

「這裡的餐廳提供的餐點非常美味喔。舊都的值勤所提供的外送便當也不錯，但實在比不上這邊現做的飯菜呢～」

薰子以陶醉的眼神這麼說。

聽到她這番發言，美世腦中突然浮現一個想法。

（這……這樣的話，老爺該不會其實也比較喜歡這裡的餐點吧？）

無論早上為清霞準備多麼美味的便當，到了中午的用餐時間，飯菜也早就冷掉了。如果能在這裡享用溫熱又美味的食物，何樂而不為呢？

下次，她得找時間問問清霞才行。

一邊這麼想著，一邊繼續前進時，美世無意間察覺到一件事。

（總覺得好像一直有人看著我們呢……）

跟薰子兩人走在走廊上時、或是踏進不同房間裡打招呼時，每去到一個地方，美世就能感受到來自隊員們不太禮貌、像是在打探般的眼神。

昨天所不曾感受到的視線。一如薰子所言，這間值勤所裡的成員清一色是男性。或許是因為這樣，突然出現兩個到處參觀的女人，才會讓他們覺得很罕見吧。

然而，比起好奇心，美世反而覺得這些視線之中，似乎帶著她還在齋森家時所感受到的那種灰暗負面的情感，讓她十分在意。

「那麼，最後是道場。」

薰子的嚮導行程就快結束了。

基於自己不擅長和人聊天的性格，其實美世一直擔心薰子會不會覺得跟她同行很無趣。不過，看到薰子臉上從頭到尾都掛著開心的笑容，她終於稍微放心了一些。

「道場是我最喜歡的地方，所以我把它放在壓軸呢～」

「妳最喜歡的地方？」

「嗯。其實，我的老家在經營道場。我從小時候就一天到晚泡在道場裡，所以總覺得這裡能讓我心情平靜……不過，聽到我這麼說，大家都會露出『果然是這樣啊』的表情就是了。」

「是因為妳很帥氣的緣故嗎？」

「哈哈哈！才沒有人稱讚我帥氣呢，大家幾乎都是說我很有男子氣概。」

半開玩笑地這麼說的薰子，臉上雖然帶著笑容，但看起來似乎有幾分落寞。

明明身為女性，卻得到「很有男子氣概」這種評語，確實會讓人五味雜陳。雖然也有可能是說者無心、聽者有意的情況就是了。

於是，美世決定開口詢問一件她打從昨天就很在意的事情。

「那個……話說回來，我一直以為軍人清一色都是男性呢。除了妳以外，還有其他的女性軍人嗎，薰子小姐？」

一般來說，能夠當上軍人的，就只有男性而已。社會上普遍都是這樣的情形，並非是美世的見聞不夠多。

而且，這間值勤所裡也只有男性更衣室和洗手間，並沒有特地規劃適合女性軍人使用的設計。

聽到美世的提問，薰子點點頭以「噢，說得也是呢」回應。

「嗯，一般情況下，女性是無法從軍的。所以妳的認知並沒有錯，美世小姐。只是，因為對異特務小隊的情況比較特殊，在舊都，除了我以外，也有其他的女性軍人喔。」

「特殊？」

「沒錯，畢竟異能者的數量原本就很稀少嘛。所以，只要戰鬥能力達到一定水準、又獲得軍方認可，女性也能加入對異特務小隊。如果是異能者的話，就算身為女性，也比不擅長戰鬥的普通男性來得要強；站在國家的立場，讓女性異能者從軍的話，能自由運用的戰力就會變多。順帶一提，學生也可以在對異特務小隊裡頭工作喔，但各方面的待遇都比不上正職軍人就是了。」

「學生也可以……」

「像我，也是很早就開始以助手的身分在對異特務小隊裡工作呢，大概十四、五歲的時候就開始了吧。不過，不管是學生助手、或是女性軍人，都只是極少數的例子。如妳所見，現在，這裡也只有我一個女生。」

原來如此，這番說明讓美世恍然大悟。

跟清霞相遇，又發現自己其實也擁有異能之後，美世終於明白異能者身處的立場有多麼特殊。

異能者主要的任務在於打倒異形，不過，若是發生戰爭，他們也會成為強大的對人用兵器。所以，才會出現對異特務小隊這種聽令於軍方的異能者組織。

（雖然……薰子小姐沒有說出口……）

女性異能者也能成為戰力，因此軍方會允許這樣的她們加入對異特務小隊；然而，大家很明顯更希望她們結婚，然後孕育出下個世代的異能者，也認為這是理所當然的事情。或許正是因為這樣，女性軍人才會少之又少吧。

異能者擁有的特權相當多，但同時，卻也不被當作一個「人」看待。

美世懷著像是嘗到黃蓮那般苦澀的心情，跟在薰子後頭踏進道場。

「來，到嘍。」

這裡的道場是一棟獨立的建築物，占地十分寬廣，跟值勤所之間以一條戶外走廊相通。

裡頭約莫有十名隊員。身穿道服的他們，有些以木刀對打，有些以空手道和彼此揮汗較勁。

「他們用的不是竹刀呀。」

「因為大家在練的不是劍道的劍術，而是實際戰鬥時會運用的攻擊手法。」

兩人這麼閒聊時，一個「妳來了啊，陣之內」的低沉嗓音從薰子身旁傳來。

開口的這名男子，身型雖然不算特別高挑，但有著一眼就能看出他鍛鍊有成的結實體格，一張臉則是散發出智慧沉著的氣質。

美世曾在昨天的會議上見過他。印象中，應該是叫做百足山的班長。

「百足山班長，辛苦了。」

「妳也是。久違地來到帝都，應該覺得很疲倦吧？」

「不會不會。我現在幹勁十足，所以一點都不覺得累喔。」

百足山的喉頭顫抖地笑了幾聲，接著突然望向美世。

「哎呀呀，是隊長的未婚妻大人。抱歉，慢了半拍才跟妳打招呼。」

「……您好。」

在美世輕輕點頭打招呼之後，百足山以平靜而犀利的視線凝視著她，彷彿像是企圖看穿她的內心那樣。

「妳好，本人是擔任班長的百足山——請問妳今天前來道場的目的是？」

微微瞇起的那雙眼睛，此刻透露出一股魄力。

不知道是不是多心了，美世總覺得百足山好像在試探自己……不對，他一定真的是在試探她。試探身為清霞未婚妻，同時也是薄刃家成員的她。

應該說，對方沒有不這麼做的理由。

「是。今天承蒙薰子小姐替我介紹值勤所內部的構造，所以過來這裡參觀。」

聽到美世平靜而明確的回答，百足山只是以一句「這樣啊」簡短回應。隨後，他拾起靠在牆上的一把木刀遞給薰子。

「陣之內，要不要久違地去比劃一場？」

「咦咦……但我現在還在執行保鏢的任務呢。」

「難不成妳打算一直呆站著旁觀？不好好鍛鍊的話，劍術可會退步喔。本人會在這裡暫時幫妳看顧未婚妻大人，妳過去打一場吧。」

「唔～就算你這麼說……」

思考了片刻後，薰子帶著幾分猶豫接過木刀。

「那麼，我就接受你的好意，過去比劃一場嘍。」

說著，薰子脫下軍裝外套扔向牆角，然後挽起衣袖。

在百足山的指示下，一名加入小隊第二年的年輕男性隊員，前來擔任薰子的對手。

「請多多指教。」

「……請多多指教。」

朝彼此一鞠躬之後，兩人的對戰正式開始。

即使是美世這種外行人，也看得出來那名青年隊員似乎格外在意薰子，從一開始便積極展開攻勢。另一方面，薰子則是以四兩撥千斤的方式，輕鬆躲掉對方所有的攻擊，臉上的表情也很沉著。

（好厲害……）

薰子的戰鬥能力想必相當優秀，因為她看起來仍是一副游刃有餘的模樣。

不知不覺中，道場裡的其他隊員也興致勃勃地在一旁觀戰起來。

「加油啊！」

「要是輸給女人就太丟臉嘍！」

這樣的吆喝聲此起彼落。

「未婚妻大人，妳覺得哪一方會贏？」

聽到突然從一旁傳來的提問，美世感到有些吃驚。她沒想到百足山會主動跟自己攀談。

不過，他丟給美世的，恐怕不是一個能輕鬆得出答案的問題。

看在美世眼裡，她覺得薰子似乎尚未發揮全力；然而，男女之間存在著單純的體力和力氣的差異，而且，薰子至今只是一味迴避對方的攻擊，完全沒有做出反擊。

美世思考了半晌後。

「應該……是薰子小姐吧。」

將自己的推測老實說出口之後，身旁的百足山靜靜地點了點頭。

「嗯，八成如此吧，因為陣之內的實力比對手來得優秀許多。倘若她不是女人的話，應該能飛黃騰達才對。」

——倘若不是女人的話。

百足山這句無心的發言，牢牢黏在美世的腦海之中。

意思是，只要身為女性，無論實力多麼高強，都沒有任何意義。即使是涉世未深的美世，也能明白他這句話的言下之意。

「不過，這也並非跟妳完全無關喔。」

「咦？」

美世轉頭仰望一旁，跟俯瞰她的百足山對上視線。

百足山的雙眼之中沒有任何情緒。儘管注視著美世，但看起來卻是對她這個人沒有半點興趣的樣子。

不，比起這個，他說這並非跟自己完全無關，是什麼意思？

百足山以懶洋洋的嗓音繼續往下說：

「本人的意思是，有不少隊員都覺得妳在值勤所裡到處晃，會讓人很困擾。」

「困擾……」

「畢竟我們沒有歡迎妳的理由——妳是隊長的未婚妻，所以不會有傻子公然對妳做出不恰當的言行舉止，但也僅限於此而已。讓一名外行人，而且還是無法成為戰力的女性待在值勤所裡，只會礙手礙腳而已——本人很能體會其他隊員這樣的感受。因為我們都以選擇了這份工作、待在這個地方的自己為榮。」

美世的視線落在自己的腳邊。

「更何況，妳還承襲了薄刃家的血脈。換句話說，雖然身為異能者，但妳卻也是異能者的公敵。」

「！」

「看到這樣的人在自己身邊晃來晃去，恐怕沒有一個異能者會覺得舒服吧。」

「公敵……」

這兩個字的份量，讓美世一瞬間背脊發冷。

她第一次聽到有人這樣形容薄刃家，不過，她也無法否定這種說法。

薄刃的異能，是為了在狀況危急時阻止其他異能者而存在，美世所擁有的夢見之力亦是如此。她身為異能者的能力技巧還不夠純熟，所以無法自在運用這樣的能力，但理論上，只要是進入睡眠狀態的對象，她便能夠掌握對方的生殺大權。

——好可怕、好討厭、好令人不快。

此刻，美世才明白，就算其他人對她懷抱這種負面情感或敵意，其實都不足為奇。

這想必就是薄刃家開始拋頭露面後造成的負面影響。

「本人並不打算一竿子打翻一條船，只是，請妳記住這裡的確有抱持這種想法的人。此外，也請妳不要採取什麼無謂的舉動。」

「……是。」

被百足山這樣冷冷囑咐後，美世垂下眼簾。

他說的是正確的。

美世終於明白在參觀途中感受到的那些視線的緣由。

（因為我是薄刃家的人。）

對美世來說，雖然當初的做法過於強硬，但薄刃家仍是打算接納她為一家人、對自己有恩的家系。除此之外，她沒有其他想法，更不曾對薄刃家湧現恐懼或厭惡的情緒。

然而，這一切不過只是因為她缺乏身為異能者的自覺，又對異能者的世界不夠了解罷了。

而現在，美世企圖在這裡工作、試著想幫上忙的念頭，正是百足山口中的「無謂的舉動」。即使已經獲得清霞的允許，並不代表其他隊員就會對美世改觀。

（我是不是……太任性了呢？）

美世忍不住輕輕吐出一口氣。就在這時，觀看對打練習的隊員們發出一陣驚呼。

似乎是薰子看準對手一瞬間露出的破綻，順勢打掉他手中的木刀。

「謝謝指教。」

「謝謝……指教。」

青年隊員恨恨地瞅著薰子。看到後者毫不在意地轉過身，他漲紅著一張臉，用力踏著地板走出道場。

原本在一旁觀戰的其他隊員，也全都一臉不悅地咒罵起薰子。

老實說，現場的氣氛算不上和諧。

「薰子小姐，妳辛苦了。」

「謝謝。」

美世將毛巾遞給走回來的薰子，同時出聲慰勞她後，薰子露出燦爛的笑容。

看到她似乎沒有將其他隊員的反應放在心上，美世覺得稍微好過了一些。

「跟人比試果然很開心呢，而且也是個不錯的運動……百足山班長，謝謝你替我安排這個機會。」

「看到妳的身手沒有退步，真是太好了。」

「應該說，你不覺得我比以前更厲害了嗎？」

「這可就說不準嘍。」

這兩人和彼此有說有笑的模樣，看不出任何心結。

百足山那句「自己不打算一竿子打翻一條船」的發言，想必是發自內心的吧。至少，美世能感覺到，他是個會避免讓自己對任何人懷抱偏見的人物。正因如此，他才會肯定薰子的實力。

（但我……）

美世沒有像薰子那樣的戰鬥能力，也無法確實運用自己的異能。

一如百足山所言，什麼都做不到，而且又被甘水盯上的美世，純粹是個只會招惹麻煩的存在。說得極端一點，就是只會給大家添麻煩的燙手山芋。

然而，儘管如此，美世還是只能以清霞未婚妻的身分，做自己所能做到的事情。無論再怎麼企求、再怎麼試圖逞強，她都只能在自己的能力所及範圍之內，盡全力做自己能做的事。

這讓美世感到既無力又焦慮。彷彿只有自己不該出現在這裡——被迫面對這樣的現實後，能夠讓清霞仰賴的薰子，再次讓她感到羨慕不已。

◇◇◇

太陽下山後，美世和清霞一同返家，發現由里江尚未離開。

「少爺、美世大人，歡迎兩位回來。」

看到由里江帶著微笑在玄關迎接自己的身影，美世不禁感到加倍安心。原本緊繃不已的情緒緩和下來的此刻，她有種終於能夠一如往常地呼吸的感覺。

「我們回來了。」

「我們回來了，由里江太太。」

夕陽西下後，外頭的氣溫也跟著下降許多，但家裡頭卻相當溫暖。

「來，少爺，請您趕快去換上居家服吧；美世大人，您也請到起居室休息片刻。」

「啊，不，我也來幫忙您吧！」

看到由里江隨即起身準備去做家事，美世連忙跟上她的腳步。

踏進廚房裡後，她發現晚餐幾乎都已經準備妥當了。

「美世大人，您不會累嗎？」

由里江一邊從櫃子裡取出餐具，一邊以擔心的語氣這麼詢問。

以「不會」回應她之後，美世的視線落在自己腳邊。由里江之所以會這麼問，是不是因為自己看起來一臉疲態呢？

話雖如此，美世今天並沒有做什麼會讓她感到特別疲累的事情。

「不會，我的體力還很充足。」

平常，美世每天都會處理需要消耗大量體力的家事。對這樣的她來說，今天反而是過得格外輕鬆的一天。所以，會讓她回到家後突然倍感疲勞的原因，恐怕是來自所謂的精神壓力吧。

在薰子這號人物出現後，美世總覺得心上彷彿壓著一塊沉重的石頭；而百足山那番讓她認清現實的發言，更令人感到沮喪。

美世不自覺地嘆了一口氣。看到這樣的她之後，由里江以手掩嘴，輕嘆了一聲「哎呀……」

「美世大人，請您在這裡稍坐一下。」

由里江指著放在廚房裡的一張小椅子這麼要求。

突然聽到她這麼說，美世有些困惑地歪過頭。

「咦？可是……」

「沒關係的，少爺還要花上一點時間，才會換好衣服。」

由里江臉上那不容辯駁的笑容，可說是魄力十足。平常總是和藹可親的她，一旦真的動怒，可就不得了了——關於這點，美世已經親身體驗過。

這種時候，乖乖聽她的話，是唯一的選擇。

「請您稍等一下喲。」

看到美世老實照著自己的吩咐在椅子上坐下後，由里江將某種液體倒進鍋裡，然後點火。

美世就這樣坐在椅子上發呆片刻後，由里江將一只冒著蒸氣的碗遞過來。

「請用，美世大人。」

「謝謝您。」

沒有想太多就接過碗的美世，在看到內容物後，不禁瞪大雙眼。

在碗裡裝得滿滿的，是溫熱而帶點稠度、不斷散發出甜美香氣的白色液體。

（是甜酒……）

美世以雙手捧著碗，熱度從指尖慢慢滲透至她的體內。

「因為最近天氣變得很冷，這是我今天剛買回來的呢。」

「對不起，我原本是想過來幫忙的……」

「您別在意。來，請趁熱喝吧。」

看到由里江的笑容，再次感到放鬆的美世將碗湊進嘴邊。

熱騰騰的甜酒，嘗起來是足以令人融化的甜美。殘留在舌尖上的米粒帶來的特殊口感，也相當美味。自己究竟有多久不曾品嘗到這樣的甜蜜滋味了呢。

「真好喝。」

美世吐出溫熱的一口氣。

這股甜膩的滋味，彷彿足以融化那顆一直壓在自己心上的大石。由里江這般溫柔體貼的心意，幾乎要讓美世要落下眼淚。

「呵呵，買回來果然是正確的呢。」

以笑容回應由里江之後，美世繼續小口小口、慢慢啜飲著碗裡的甜酒。

待碗底浮現，美世感覺自己的心也變得輕鬆許多。

「由里江。」

這時，廚房入口剛好傳來另一個人聲。美世轉頭，看到已經換上居家服的清霞站在那裡。

「哎呀，少爺，您怎麼了嗎？」

「……天色已經變得很暗了，妳要回去的話，我送妳到半路吧。」

「哎呀呀，這麼晚了嗎？」

這麼說來，美世等人返家的時候，外頭便已經相當昏暗了。

美世從椅子上起身，將空碗放進廚房的水槽裡。

「由里江太太，接下來我一個人做就可以了。」

「這樣啊，那就麻煩您了。」

「美世，妳也一起來。」

「咦？」

看到美世不解的反應，清霞沒好氣地瞇起眼朝她走近。

「妳忘記自己被甘水盯上的事了嗎？」

「不，我沒有忘記，但……那個，您只是離開一下子吧？」

由里江的家距離這裡並不遠，而且因為冬天比較早天黑，她的家人會走到半路來迎接她。所以，清霞也只會外出片刻而已。

美世絕沒有小看甘水的意思。只是，她很難想像甘水會趁著這麼一小段空檔時間，做出像是闖空門的行為。

然而，美世愈是繼續往下說，清霞的臉色就愈難看。

「不行，聽我的話。」

他的語氣相當嚴厲。

清霞一直很擔心美世的安危，也打算盡全力保護她，既然如此，美世就不應該違抗他的意見。畢竟美世沒有能夠保護自己的能力，清霞會採取這樣的做法，也是理所當然的。

然而，今天親眼目睹到清霞對薰子表現出來的信賴後，美世總忍不住把他對待自己的方式拿來做比較，並因此陷入複雜的心境之中。

「……我明白了。」

自己為什麼會如此在意薰子跟清霞之間的事情呢？

雖然為內心的情感困惑不已，但美世仍只是靜靜點了點頭。

順利將由里江送回家之後，美世和清霞仰賴著月亮和繁星的光芒，一起走在黑漆漆的回家路上。

去程因為有由里江在，三人還算是有說有笑的狀態；不過，剩下美世和清霞兩人後，對話便跟著中斷，氣氛也變得有幾分尷尬。

（是我的錯吧……）

為了避免跌倒，美世看著自己的腳邊，同時在內心反省。

從別墅回來之後，因為感到莫名難為情，再加上一直很在意薰子的存在等種種理由，美世變得無法以過去那種態度面對清霞。

在沉默籠罩下，美世突然想起一件事，於是開口輕喚走在她前方的清霞。

「那個……老爺。」

「怎麼？」

「……以後，我是不是不要再替您準備便當比較好？」

將這個問題問出口的當下，美世並沒有想太多。

白天，她聽薰子說值勤所餐廳的餐點非常美味，所以很在意比起自己的便當，清霞會不會其實比較想到餐廳用餐。

然而，清霞卻吃驚地「啥……？」了一聲，停下腳步轉過頭來。

「為什麼？」

——他的臉上滿是美世未曾見過的錯愕、動搖和悲痛。

原本以為清霞會一如往常地簡短回應這個問題的她，目睹清霞出乎意料的激動反應，不禁感到困惑。

「然後？」

「呃，因為……那個，薰子小姐今天跟我介紹過值勤所的餐廳。」

在美世流淌著冷汗這麼回答時，清霞的一雙眼睛仍直直盯著她。

「我聽薰子小姐說餐廳提供的餐點十分美味，所以想說老爺會不會也……」

「不可能。」

清霞直接打斷了美世的發言。

到底是什麼令他如此不滿？感到一頭霧水的美世，只能錯愕地愣在原地。

「不……不可能……是嗎……」

「不可能。美世，比起餐廳的伙食，我更想吃妳做的便當。我是因為想吃才會吃。要是替我做便當，會造成妳的負擔……或是妳不想做的話，不做也沒關係。不過，倘若妳願意的話，我希望妳今後也能繼續替我準備便當。」

清霞透露出真切情感的訴求，深深滲透至美世的心中。

明明只是希望自己替他準備便當的要求，卻讓美世在聽了之後，開心到嘴角不自覺地上揚。

（原來老爺喜歡我做的便當嗎？）

替清霞準備便當，原本是美世一開始的自作主張。若是清霞表示不需要，她也打算馬上停止這麼做。

不過，要是真的聽到清霞說不需要她的便當，美世想必也會感到受傷；現在，光是明白清霞需要自己，便足以讓她開心到幾乎要飛上天的程度。

美世不自覺地以開朗的語氣回應。

「是！以後也請繼續讓我為您準備便當。」

「嗯。」

清霞也跟著展露笑容。

「美世，手伸出來。」

「是。」

美世照著清霞的指示伸出一隻手，清霞伸出他大大的手掌，握住了美世的手，然後就這樣輕輕拉著她往前。

「天色很暗，這樣做會比較安全。」

「好……好的……」

自己跟清霞手牽著手。

理解這個現況的瞬間，美世開始渾身發燙，原本冰冷的手也一下子變得溫熱。

「……希望妳……不要討厭我。」

將注意力完全放在兩人相繫的手上的美世，沒能聽見走在前方的清霞的這句輕喃。

在跟方才截然不同、令人舒適自在的寂靜籠罩下，兩人在夜晚的回家路上邁開步伐。

第三章　和朋友相處的方法

所謂的「雜務」，其實包含了各式各樣的工作內容。不過，美世所能夠做的雜務，實際上相當有限。

「我果然還是只能做這個了吧。」

美世以固定袖子的束帶將和服衣袖捲起，然後這麼自言自語。

清霞給了她兩個選擇——打掃茶水間和其他亂成一團的房間、或是整理資料室裡頭的資料。猶豫片刻後，美世選擇打掃的工作。

資料室裡頭的大量資料，似乎都是異形相關事件的書面報告。這樣的報告書會一天天累積，要是放任不管，就會演變成堆放到一片雜亂無章的狀態。

清霞建議，透過整理相關書面資料，或許能讓美世更加了解異形；不過，美世畢竟是個外行人，就算有薰子在一旁協助，她也沒有能確實把那些資料整理好的自信。

（而且，總覺得讓人有些退縮呢……）

瀏覽那些報告書的話，想必也能窺見清霞在工作上的活躍表現。只是，該不該涉足這塊領域，仍讓美世有幾分躊躇。

她轉動眼珠，偷瞄脫下軍裝外套、挽起衣袖的薰子。

（我也知道不要去想這些比較好，可是……）

美世總是忍不住在意起薰子，然後悶悶地嘆氣。

自從聽聞薰子過去曾是清霞的未婚妻人選一事後，美世渴望了解這段過去的想法變得愈來愈強烈，而她也對這樣的自己有所自覺。

清霞的過去、清霞和薰子兩人的過去……他們倆以前究竟是什麼樣的關係，又對彼此懷抱著什麼樣的感情？說不定這兩人曾是一對戀人？

（如果得知他們過去是一對戀人，我又想怎麼樣呢？）

就算清霞和薰子過去曾是戀人關係，自己究竟又打算怎麼做？

美世並沒有要怪罪任何人的意思。不管哪些人過去有著什麼樣的關連性，都跟她沒有直接的關係。這不是她能輕率介入的事情，更不用說是開口責備誰了。

她不想知道，卻又好想知道。

「唉……我該怎麼做——」

「做什麼？」

聽到自己無意間道出的自言自語得到回應，美世嚇得整個人跳起來。

「薰……薰子小姐！請別這樣嚇我啦……」

「抱歉，我沒有要嚇妳的意思呢。只是，我看妳臉上的表情很凝重，所以想問問妳怎麼了。」

美世輕撫因受驚而心跳加速的胸口，轉頭望向薰子。

原來自己的表情看起來那麼凝重嗎？不對，畢竟對美世來說，這是個很嚴肅的煩惱，所以薰子說的想必沒錯吧。

她得注意一點才行，不然也有可能讓清霞無謂地替自己操心。

現在，就先努力完成自己決定接手的打掃工作吧。娘家、清霞家、還有久堂家的別墅——美世總覺得，無論自己去到哪裡，好像都一直在打掃。不過，這就代表她很擅長這樣的工作吧。

（換句話說，除此之外，我就沒有其他會做的事情了呢。）

因為覺得這樣的自己很沒出息，忍不住又要開始沮喪的時候，美世為了拋開這樣的心情，將雙手握成拳頭催促薰子。

「我沒事的，我們趕快開始打掃吧。」

「說得也是。」

薰子沒有繼續追究，只是朝美世點點頭，然後打開茶水間的門。

裡頭的光景，一如昨天看到的那般慘不忍睹。就連在不同家裡做過各種家務的美世，也不曾見過凌亂到這種地步的房間。

「感……感覺不知道該從什麼地方下手才好……呢。」

層層疊放、不知道裡頭裝著什麼的木箱；外包裝看起來陳舊不已，但感覺內容物應該還健在的點心；滿布霉斑的水瓶、木桶、碗和杯子散落各處；不知道原本是什麼的液體在灑落後乾涸、硬化的痕跡；髒兮兮的抹布和報紙被棄置得亂七八糟，還有一股難以言喻的異味……這裡呈現出足以當成教材範例的、完美的「一片狼藉」。要整理的話，或許得從把室內的所有東西統統挖出來開始，然而，想到有很多不太妙的東西或許會跟著重見天日，便讓人心生畏懼。

「拜託饒了我吧……」

薰子以手扶額，無奈地仰望天花板。

而且，亂成一團的房間還不只這裡。

從這一點，便能看出這裡的隊員們除了平日的工作業務以外，對其他事務有多麼生疏。不過，每個異能者的家系，都是歷史悠久的名門世家，而聚集在這裡的，淨是出生於這種家庭之中的男性。基於這樣的背景，這些男人不擅長打掃收拾，或許也是無可厚非；而就算向他們抱怨，恐怕也只會白費力氣吧。

（就算愣在這裡，也無法解決事情呢。）

總之，不先找個地方下手的話，就永遠無法把這裡整理乾淨。

美世以手帕掩住自己的口鼻，鼓起幹勁踏進茶水間裡。

首先，得把裡頭的雜物分類才行。像餐具、布類等可以清洗的東西，就拿起來洗乾淨。可能已經腐爛的食物，就收集起來，之後再一併埋入土裡。沒有被神祕液體汙染的紙類，可以在整理後再次使用；但已經被弄濕、沾染異味的紙張，就只能扔掉了。

雖然是一片光看就讓人提不起勁的慘狀，不過，在下定決心後，美世和薰子便默默地開始動手整理。

「這裡有個還算乾淨的桶子，我把布類的東西集中放在裡面喔。」

「謝謝妳……啊，那個箱子是空的，所以我拿來裝餐具。」

「了解。」

像這樣，兩人一邊向彼此做最基本的確認，一邊將體積較小的雜物集中放在順手找來的容器裡，然後移到茶水間外頭。

來到走廊上後，美世發現從外頭走過的隊員，視線全都落在自己身上。

大家並沒有刻意停下腳步盯著她看，但在經過茶水間外頭的時候，仍會放慢腳步觀察裡頭的狀況。

這時，從走廊轉角處現身的幾名男性隊員，剛好跟去提水的薰子撞個正著。

「女人果然還是適合做這種事。」

「少在男人的職場上逞威風啦。」

「有人能代替清潔工，真是太好嘍。」

這些隊員刻意以薰子也聽得到的音量輕聲對話。他們極為失禮的發言，讓美世感到相當不快。

然而，被這樣挖苦的薰子本人，臉上不知為何露出了笑容。

「如果我的力量能幫上忙，從舊都來到這裡也就值得了呢。哈哈哈。」

「哈！要逞強也該有個限度吧。真難看。」

「就算這樣虛張聲勢，女人也敵不過男人的啦。」

隊員們這麼訕笑著離開。走過薰子身旁時，還刻意用肩膀撞她。

（好過分……）

美世有聽說對異特務小隊是個只看實力的組織。但那些隊員的行為已經無關實力了。之前交手時也是如此，感覺他們只是極力想表現出「自己比身為女性的薰子更了不起」這一點而已。

薰子收起笑容，臉上一瞬間閃過黯淡的表情。但在下一刻，她隨即若無其事地再次對美世展露笑容。

「美世小姐，我提水來嘍。」

「那……個，薰子小姐，我……呃……」

那些人的態度不會太過分了嗎？儘管這麼覺得，但想到刻意對自己強顏歡笑的薰子的心情，美世就得什麼都說不出口。

「……謝謝妳特地去提水。」

「不客氣。」

安慰的話語，想必只會再次傷害薰子的心。最後，美世只是從她手上默默接過裝滿水的桶子。

（不管別人怎麼講我，我都無所謂……）

一如百足山所言，美世不但是個和對異特務小隊完全無關的外人，還是薄刃家的一員，更沒有能讓眾人心服口服的實力。因此，她已經做好得承受強烈敵意的心理準備，也早已習慣被他人當成異樣的存在。畢竟，自從懂事以來，她就是個跟周遭環境格格不入的人。

可是，薰子不一樣。

美世很明白，薰子以這份工作為榮，也一心想做好自己的職務。不然，她也沒必要以如此真摯的態度來對待美世。

這般認真的工作態度，卻只是因為她身為女性，就遭到否定。無法獲得認同。沒有比這更不合理的事情了。

將室內大部分的雜物都搬到外頭之後，美世拿起撢子，開始清掃高處的灰塵。薰子則是在一旁清洗沾染髒汙的物品。

「美世小姐。」

「是？」

聽到薰子的呼喚，美世停下手邊的動作轉頭望向她。

「妳有沒有遇到什麼不好受的事情？例如被說了什麼讓妳不開心的話，或是覺得待在這裡很煎熬之類的……」

看著視線仍落在手邊工作上的薰子，美世不明白她這麼問的意圖為何。

要說在這裡待得很煎熬的人，恐怕應該是薰子才對吧。剛才被人說成那樣的她，不可能什麼感覺都沒有。

「……我不要緊的。」

薰子小姐妳呢——儘管想這麼問，美世卻在說出口的前一刻踩了煞車。就算問了，她也無法幫上任何忙。

如果去跟身為隊長的清霞告狀，或許能暫時改善現況。

不過，這樣的做法，很有可能會讓其他隊員更加反感。這是連美世都能輕易想像出來的結果。他們恐怕會認為薰子就是因為沒有實力，才只能去巴結地位較高的人物。

「那就好，哎呀～剛才那些人還真是令人傷腦筋耶。」

「我也……不喜歡……那樣的態度。」

大致上將灰塵清理完畢後，美世放下撢子，改用掃把清掃地上的垃圾。

「我也不喜歡。每次遇到剛才那種情況，我都會覺得生為女人真的很吃虧呢。」

「可是，妳還有戰鬥能力呀。」

「我的實力不上不下的，沒一個女孩子樣，卻也無法成為男人。」

看到一邊笑著帶過，一邊忙著打掃的薰子，美世發現了一件事。

她跟還待在娘家時的自己是一樣的。

無論覺得多麼痛苦難受，都不會表現出來。為了保護自己的心，只能佯裝成什麼都感受不到的模樣，並試圖這樣矇騙自己。

美世無法像薰子那樣常保笑容，然而，兩人為了生存而扼殺自身情感的身影，幾乎能夠重疊在一起。

薰子開朗活潑的態度，並不是完全都在逞強。然而，讓她不得不這麼做的原因之一，無疑便是這個環境。

想到薰子的心境，美世不禁感到悲傷。

「啊啊，不說了、不說了，我討厭沉悶的氣氛呢。我們來聊點別的吧。」

「說得也是。」

的確，如果繼續這個話題的話，美世也覺得自己可能被沉重的氣氛壓垮。

「啊，對了，妳有去過舊都嗎，美世小姐？」

「不。打從出生後，我一直不曾離開帝都過呢……」

「咦咦！」

和薰子有說有笑地閒聊起來之後，不知不覺中，美世也變得不在意那些男性隊員的視線了。

夜晚，用過晚餐，也將碗盤餐具清洗乾淨後，美世待在起居室稍做休息。這時，洗完澡的清霞剛好也走回來。

「老爺，請用茶。」

「嗯。」

清霞一邊以毛巾擦拭自己的長髮，一邊在榻榻米上坐下。美世將泡好的綠茶放在他面前，又把裝著橘子的圓形小籃子放在小茶几中間。

「您不會冷嗎？」

「不會……倒是妳不累嗎？今天忙了一整天吧？」

「不會。」

雖然多少有點疲累，但還不到需要特別跟清霞訴苦的程度。

今天，美世和薰子花了一整天的時間，把茶水間大致整理了一番。雖然之後還得把暫時移到外頭的雜物好好篩選過一次，但茶水間內部已經打掃乾淨了，接下來，只要把各項物品重新整理歸位即可。

在清潔工作結束後，看到茶水間變成一開始完全無法想像的乾淨整潔的空間，美世和薰子忍不住握住彼此的手，共享這個成果帶來的歡欣喜悅。

對美世來說，這是一份讓人相當有成就感的工作，但清霞看起來似乎不太能接受。

「這樣是很好，但現在天氣變得很冷，要是太勉強自己，會把身體弄壞喔。」

「是，我不會勉強自己的。」

「……從別墅回來之後，感覺連喘口氣的時間都沒有啊。」

聽到清霞感慨地這麼輕喃，美世回想起從跟公婆見面、直到現在為止的這段期間發生的事情。

在別墅的那段時光，彷彿已經成了久遠的過往。

他們是在晚秋時期造訪別墅，因此，實際上應該還是不到一個月前的事情才對。但今年的冬天似乎比往年都要來得早，所以，從別墅回來後，讓人有種瞬間邁入下一個季節的錯覺。接下來，想必也會一轉眼就迎接年末了吧。

「五道先生現在的狀況如何呢？」

聽到美世的提問，清霞搖搖頭。

「醫院那邊已經盡全力醫治他了。不過，恐怕還得再等上一陣子，他才有辦法會客吧。」

異能心教引爆據點時，被捲入的五道受到了相當嚴重的燒傷。

異能者的肉體比一般人來得更強韌，五道也因此幸運逃過死劫，但因為他的傷勢實在是慘不忍睹，讓女性看到恐怕不妥，基於這樣的顧慮，美世至今仍無法去探望他。

「等醫院的會客許可下來了，妳要一起去探望他嗎？」

「我要去，我想去探望五道先生。」

五道是美世為數不多的認識的人之一，至今也對她照顧有加。她沒有不去探望他的理由。

看到美世不假思索地這麼回應，不知為何，清霞露出有點苦澀的表情。

「妳看起來很想見到五道。」

「咦？啊，那個……我沒有其他意思喲。畢竟我過去也受到五道先生不少照顧，聽說他受傷，我一直都很擔心。」

說著說著，美世總覺得自己的解釋，好像只是愈描愈黑。清霞也對這樣的她投以帶著幾分狐疑的視線。

「妳最近對我的態度是不是有些疏遠？」

「咦！」

「我總覺得我們之間的距離好像比以前更明顯了，是我的錯覺嗎？」

「……」

美世說不出半句話，只是緩緩將視線移往斜下方。

她當然沒有要疏遠清霞的意思。不過，就算美世認為自己表現出來的態度一如往常，她也無法否定清霞的這個疑問。

（因為……我不知道該用什麼樣的表情來面對老爺呀。）

移開眼神的頻率增加、說不出話的次數變多——美世可以想像得到，清霞所察覺到的異狀，大概就是這些吧。

在清霞為了甘水的問題而忙碌的時候、或是待在值勤所的時候，美世還不至於特別在意；然而，變成兩人獨處的情況時，就是另外一回事了。

『等春天到來時……妳願意成為我的妻子嗎？』

『希望妳別忘了昨晚發生的事……那代表了我的心意。』

『非常適合妳，很可愛。』

在別墅發生過的點點滴滴，不斷在腦中交錯浮現。光是回想，便足以讓美世羞紅雙頰。

成為清霞的妻子，就是如同字面上那樣的意思，所以沒有任何問題。不過，那個吻是怎麼一回事？清霞的心意是指？另外，他是會開口誇讚別人「可愛」的人嗎？

諸如這樣的問題，都讓美世害羞得問不出口，更別提還有薰子的事了。

（老爺他……也對薰子小姐做過同樣的事，或是說過同樣的話嗎？）

倘若是這樣的話，自己恐怕會沮喪到再也無法振作起來吧。想像至此，美世突然感到困惑起來。

到頭來，她究竟想怎麼做呢？

清霞的心是自由的。儘管他很珍惜美世，但兩人並非打從一開始就是戀人關係。無論是過去、現在或未來，就算會讓他萌生情愫的女性突然出現，也不是什麼奇怪的事情。

然而，如果真有這樣的女性出現——美世想必無法維持若無其事的態度。

她緩緩抬起視線，望向未婚夫的臉。

「怎麼了？」

「對對對……對不起……！」

不行，她覺得雙頰灼熱不已，甚至還有些暈眩。

白皙的肌膚、湛藍如水的雙眸；從肩膀披垂到身後、幾近透明的淺褐色髮絲。明明穿著很普通的家居服，為什麼這個人看起來依舊美得像幅畫呢？

「不，我不是希望妳跟我道歉……」

「我我……我沒有……躲著您，是真的！」

「我也不認為妳會故意這麼做。」

「嗚嗚……」

太難為情了。要是地上有個洞，她真想馬上鑽進去。

「是我做了什麼嗎？」

「……不是這樣的。」

不對，純粹是因為美世無法理解、更無法壓抑自己內心湧現的情感而已。

倘若美世不是像現在這樣涉世未深，而是擁有眾多友人、也習慣和他人交流互動的話，或許就不至於到了這個年紀，還被自身的情感搞得暈頭轉向吧。她或許會明白該怎麼面對自己的感受及清霞的心意，然後做出最正確的行動。

想解決內心這種鬱悶的情緒，恐怕還得再花上好一段時間。

這時，清霞的表情突然黯淡下來。

「妳在值勤所……遇到不愉快的事情了吧？」

美世吃驚地瞪大雙眼。

她沒想到清霞會發現這件事。不過，仔細想想，這也是理所當然。身為隊長的他，就算確實掌握值勤所裡發生的每一件事，也沒什麼好奇怪的。

「有隊員偶然撞見妳們和其他人對話的光景，於是來跟我報告。」

「這個……」

「要是我或其他班長出面警告，只會讓成員之間的關係變得更緊張。不過，就這樣什麼都不做的話，也太——」

「沒關係的。」

美世有些衝動地打斷清霞的話。

「不……也……也不能說是沒有關係，可是，我跟薰子小姐都不打算請您出面做點什麼。」

關於薰子本人的想法，或許僅只是美世的想像，不過，她認為在這方面，兩人的意見應該是一致的。

「如果由您親自出面警告，或許會讓一部分的人覺得無法接受，或是認為這樣的命令沒有道理吧。這樣一來，情況不是會變得更糟糕嗎？」

美世想極力避免清霞和其他隊員之間互相信賴的關係出現裂痕。

的確，不管是她或薰子，聽到別人惡意批評自己，不可能完全不會受傷。想必也會有因此感到煎熬、傷心的時候。

不過，目前並未發生有人動粗的事件。更何況，要是因為美世等人的影響，導致清霞和小隊隊員之間出現嫌隙，她反而會覺得更難過。

「我跟薰子小姐，會努力解決發生在自己身上的問題。請您專注在工作上就好了，老爺。」

看到美世笑著這麼說，清霞微微張開嘴，但最後還是沒有說話，只是輕輕嘆了一口氣。

「啊，要再幫您倒一杯熱茶嗎？」

「嗯，麻煩了。」

美世提起燒熱的水壺，對茶壺注入熱水，輕輕搖晃幾下後，再將綠茶注入清霞的杯中。

這時，她莫名想起薰子看似很開心地將咖啡端給清霞的模樣，胸口也跟著湧現烏雲罩頂的感覺。

（不行，我怎麼能因為這樣的事……）

她想跟薰子好好相處，也希望能和她變成感情融洽的朋友。然而，倘若自己總是單方面地懷抱這種芥蒂，原本能好好發展的一段關係，也會變得不順利。

杯底碰撞到茶几桌面的聲響，讓美世回過神來。

「不用說，我當然會消滅異能心教，但……唉。」

「老爺？」

看到原本在喝茶的清霞突然露出落寞的表情，美世不禁感到困惑。

「妳不願意依靠我，卻很仰賴陣之內嗎？」

「呃……我對薰子小姐……那個……應該……不算是仰賴？」

與其說是仰賴，應該說她們是互相支撐著彼此……不對，說是美世希望能跟薰子建立起支撐彼此的關係，或許比較貼切。絕不是因為她不好意思依靠清霞，所以才轉而依賴薰子。

「老爺，您為什麼會這麼想呢？」

「……別在意。」

雖然搞不太清楚，但清霞內心或許也希望美世能夠和薰子好好相處吧。

（有沒有什麼我能夠做的事情呢……）

除了安慰的話語以外，還有其他方式能夠鼓勵沮喪的薰子嗎？

美世所能做的，頂多也只有家事而已。既然這樣——

（對了，我還能這麼做呀。）

想到一個對薰子和自己都有幫助的計畫後，美世隨即開始構思做法。

◇◇◇

隔天，順利將茶水間徹底清掃完畢後，美世和薰子又陸續打掃了其他地方。

之後的幾天，兩人將用來存放備用品的倉庫打掃、整理乾淨，還擦了走廊地板和窗戶。又把大量累積的待洗衣物全數洗乾淨晾起來，將垃圾集中在一處之後一併處理掉，抹去積累在每個角落的灰塵。

就這樣，美世漸漸習慣了每天跟著清霞一起出勤的這種生活。

某天，為了清掃位於值勤所後方的供水處，薰子去倉庫拿鬃刷和抹布等打掃工具，美世則是先動手收拾散落在供水處附近的澆水壺和水桶。

（好……好冷喔。）

這個供水處採露天設計。戶外的寒風朝美世迎面吹來，同時掠過她因為捲起衣袖而裸露在外的手臂及腳踝。

原本打算在自己徹底凍僵前收拾完畢，但現在看來，在這種天氣打掃供水處，似乎不是一個好點子。

美世這麼想著，準備移動到室內的時候，不知來自何處的男性粗野笑聲傳入她的耳中。

「話說回來，女人還真是方便啊。」

「就是啊，她們會率先趴在地上打掃啊。」

「既然是女人，就不要握劍，改握掃帚會比較相稱呢。」

因為很在意這些讓人極度不快的發言，美世從建築物後方偷偷探頭望，發現三名隊員正在有說有笑地閒聊。或許是剛鍛鍊完畢吧，他們手上都握著木刀。

這幾天以來，無論在哪裡做些什麼，美世和薰子幾乎都會聽到這種惡意批評的聲音。似乎有一半的隊員，都對薰子這個人，以及美世每天進出值勤所一事感到不滿。

仔細一看，美世發現這三名男子的其中一人，是前幾天在道場跟薰子交手的那名年輕隊員。

「女人還敢這樣搶鋒頭，真是太囂張了。」

「畢竟你被她打得很慘嘛。不過，去評估一個女人的實力如何，原本就是很愚蠢的事。反正，一旦結婚之後，她們也不可能繼續工作啊。」

放肆的笑聲再次傳來。

此刻，美世深深體會到火冒三丈的感覺。

（為什麼要說這種話呢？）

只是因為薰子身為女性，就否定她的實力和努力。打從一開始，就懷抱滿滿的偏見，不願正視現實，只是一味嘲笑努力不懈的人。

沒有比這更不合理的事情了。

待在齋森家的時候，美世之所以會遭受那樣苛刻的對待，是因為她沒有異能。對美世而言，那是一段極其苦澀的回憶。不過，這段過往雖然讓她不甘又悲傷，但其實也有無可奈何的成分在內。

可是，薰子的情況不一樣。

她的實力很優秀，而且，這樣的實力，想必是建立在本人的努力之上。

「反正女人不可能打得過男人，就算選擇握劍，也只是白費力氣而已。」

美世幾乎是在不自覺的狀態下，緩緩朝這三名男子走近。

「啊……」

「原來妳在啊。」

瞥見美世現身後，三名隊員們有些尷尬地垮下臉。

「那個……」

就算對這些人說些什麼，偏見也不會從這個世界上消失。可是，薰子沒有任何必須受到譴責的理由。她希望這三人能夠明白這一點。

一一望向三名男子的眼睛後，美世緩緩開口。

「我覺得三位的發言不是太恰當。」

「什麼？」

「我聽聞對異特務小隊是個只論實力的組織。只要自己的戰鬥能力得到認可，就算身為女性，一樣能夠入隊。我有說錯嗎？」

聽到美世以平靜的語氣這麼詢問，三名男子帶著複雜的表情沉默下來。

這樣的反應，或許代表他們也明白自己的主張，其實和小隊的方針完全矛盾吧。到頭來，他們只是對輸給薰子、輸給一名女性的結果感到不服。僅只是這樣罷了。

「像這樣說別人的壞話，只會讓貴重的戰力無法凝聚起來而已吧？倘若不想輸給女性，比起透過陰險的言語中傷把對方趕走，努力提升自己的實力，才是正確的做法，不是嗎？」

「妳又懂什麼啦？明明只是個單方面被隊長保護的厚臉皮女人。」

其中一人以苦澀的語氣喃喃說道。

「喂……喂。」

另一名隊員開口勸阻，但這名男子沒有停止反駁。

看起來再也壓抑不住煩躁情緒的他，奮力將手中的木刀插在地上。

「只是躲在安全的地方，高高在上地命令別人的話，就算是女人也做得到吧。不過，我們可是一直都賭上自己的性命在戰鬥。我可不能接受對這些一無所知的人在旁邊說三道四。」

「……」

「沒有體力、也沒有力氣的女人，能夠像我們這樣戰鬥嗎？不可能吧？女人有適合女人的勞動方式，乖乖去做那些工作就行了。明明只會扯後腿，卻想學男人踏上戰場，甚至還能領薪水。誰能接受這種事啊。」

這名隊員的指謫，有一部分是正確的，女性的力氣確實不如男性。

可是——

「……能夠決定這些事情的人並不是你。薰子小姐是透過公平公正的審核，而得到從軍的機會。請問你有什麼權利否定這樣的她？」

美世腦中某個冷靜的部分，發現她原來比自己所想的更加憤怒。她從沒想過自己竟然能這樣滔滔不絕地發言。

「不想承認薰子小姐的實力的話，要不要先跟她比劃一場，等自己打贏她再來說這種話呢？」

美世的這句發言，讓男性隊員的怒氣瞬間沸騰。看到他高舉起經過鍛鍊的那隻粗壯手臂，美世做好挨打的準備而閉上雙眼。

然而，不管等了多久，都沒有任何衝擊落在她的身上。

「怎麼啦～你怎麼會氣成這樣呢？」

一個聽起來有點傻氣的女性嗓音傳來。

戰戰兢兢地睜開雙眼後，美世看見臉上帶著笑容的薰子介入她和三名隊員之間。

「嘖……」

「對美世小姐出手的話，你等於是在自尋死路喲。」

男性隊員們不悅地皺起眉頭，朝薰子惡狠狠瞪了一眼後離去。

「真受不了。竟然馬上訴諸暴力，簡直難以置信耶。」

「薰子小姐。」

難道美世等人剛才的對話，都被她聽見了嗎？

「噢，放心吧，我才剛走回來而已。我完全不知道你們剛才在說些什麼喔，也不會跟隊長打小報告的。」

儘管薰子笑著這麼說，但看到她的兩道眉毛微微往下垂，美世便明白她是在說謊。

她拾起薰子的手。

「我們晚點再來打掃供水處吧。」

「咦？」

「請妳跟我過來一下。」

語畢，美世拉著困惑的薰子，走向前幾天剛打掃乾淨的茶水間。

「妳這是怎麼了，美世小姐？」

「請妳先坐下來吧，我今天帶了一個好東西過來。」

美世取下堆疊在茶水間裡的圓形木頭小板凳，催促薰子坐在上頭後，打開櫃子取出一包東西。將包裹在外頭的布巾鬆開後，裡頭是一個小巧的便當盒。

「這是……便當？」

「是的，但裡頭裝的不是飯菜。」

取下外蓋後，美世將便當盒遞給薰子。後者的雙眼跟著瞪大。

「啊，是甜饅頭……」

「那個……我想說，發生不開心的事情的時候，如果吃些甜食，或許能讓人打起精神，所以……」

至此，美世突然想起一個關鍵的問題。

「……難道妳不喜歡甜食？」

話說回來，她還不曾問過薰子偏好的食物。倘若薰子是個嗜辣的人，甜饅頭就不可能讓她打起精神了。

從認識薰子到現在，美世總覺得她給人喜歡甜食的印象，也沒想過要懷疑自己這樣的判斷。

（我……我搞砸了呀……）

不過，看到美世不知所措的模樣，薰子卻大笑出聲。

「啊哈哈！不要緊，我最喜歡吃這種點心了呢。」

說著，薰子從便當盒裡捻起一個淺褐色的甜饅頭，然後一口咬下。

「味道如何呢？」

美世不安地這麼詢問後，薰子先是眨了幾下眼睛，接著發出讚嘆聲。

「好好吃喔！美世小姐，難不成這是妳親手做的？」

「是……是的，是我做的沒錯。」

雖然也可以買現成的製品就好，但美世希望以親手製作的方式，來表達自己的心意。

至於選擇甜饅頭的原因，是因為她打算為薰子做點甜食時，剛好看到手邊的雜誌上刊載了做法。

「自己做甜饅頭，不會很困難嗎？」

「不，也不至於太難。」

雖然花了點功夫才湊齊需要的材料，但製作方式並不算難。

薰子帶著幸福洋溢的笑容，轉眼間就吃掉一顆甜饅頭。看來她或許真的很喜歡甜食吧。

「真的很好吃。謝謝妳，美世小姐。」

「不會……妳要再吃一顆嗎？」

聽到美世這麼問，薰子以「那我就不客氣嘍」回應，喜孜孜地拿起第二顆甜饅頭。

「謝謝妳。」

薰子直直盯著自己手上的甜饅頭，然後這麼輕聲開口。美世抬起頭望向她。

「……抱歉，讓妳為我費心了。」

「不會。」

美世搖頭，將蓋上蓋子的便當盒輕輕擱在身旁。她不覺得薰子有讓自己多費什麼心，只是——

「以前，還待在娘家的時候，我每天都過得很痛苦，甚至連呼吸這件事，都感到厭惡不已。」

被父親漠視、被繼母憎恨、被同父異母的妹妹鄙視，過去，美世一直過著這樣的生活。

自己明明不被任何人所需要，世上明明沒有自己的歸屬之處，為什麼她卻還是活著呢？美世好幾次這麼自問。

「可是……感到痛苦的時候，即使不曾聽到任何言語安慰，我有時也會因為其他人的體貼心意而打起精神。」

不同於辰石幸次這個時常以實際行動鼓勵美世的兒時玩伴，齋森家的其他傭人並不會為她挺身而出。儘管如此，他們偶爾仍會不著痕跡地表現出對美世的關懷，也會把自己已經沒在使用的日用品送給她，或是將自己的餐點分給她吃。

每當這種時候，美世總會開心得無以復加。光是明白有人願意為了她採取某些行動，便令她感動不已。

「薰子小姐，若是不嫌棄的話，我可以聽妳說，無論妳想訴苦或說什麼都可以。就算聽了，我可能也幫不上什麼忙，可是……如果妳繼續露出這樣的笑容，總有一天，妳會忘記什麼才是發自內心的笑容。」

「嗯……」

薰子回應的嗓音微微顫抖著。

「美世小姐，妳好溫柔呢。」

「也……沒有妳說的那麼……」

「不，妳真的很溫柔。我確實有說想跟妳當朋友，但一般人恐怕不會像妳這樣，為一個才認識不到幾天的人這般著想呢。」

薰子邊哭邊笑，又咬了一口甜饅頭。

「好好吃……好吃到讓我湧現滿滿的活力呢。」

語畢，她又輕輕說了一聲「對不起喔」。

第四章　內心深處的真相

在進入提防甘水和異能心教襲擊的警戒狀態後，秋天就這樣結束。在感覺氣溫已經冷到骨子裡的某個夜晚——

「我明天上午請了假，妳要跟我一起去探望五道嗎？」

在家中吃晚餐時，清霞突然這麼朝美世提議。

「現在可以去探望他了嗎？」

「嗯，終於。」

看到清霞點點頭，美世不自覺地展露出笑容。

院方開放探望的話，就代表五道的狀況已經穩定下來，傷勢也復原到某種程度了。得知他的治療進行得很順利，讓美世打從心裡感到放心。

「真的是太好了。」

「是啊。」

「……老爺？您怎麼了嗎？」

清霞的反應很平淡。而且他動筷的速度愈來愈慢，最後還完全停了下來。

是自己說了什麼讓他感到不悅的話嗎？又或者他的身體有哪裡不舒服？

「抱歉，我只是在為自己狹窄的心胸反省。」

「狹窄的心胸？」

應該沒有比清霞更心胸寬廣的人才對啊——美世不解地歪過頭。

而且，她壓根不明白兩人剛才的對話，為何會讓清霞得出這樣的結論。

「別在意，是我不好。我也知道妳……那個……並非基於什麼奇怪的理由而關心他，但……該說是感性總會比理性早一步反應嗎……」

清霞刻意輕咳幾聲，然後開始試著辯解什麼。看到未婚夫一反往常的態度，無法理解他真正用意的美世，只是感到愈發困惑。

「請問……您還好嗎？」

「沒事，沒什麼，我很好。」

「難道是……讓我外出不太妥當……之類的嗎？」

雖然很想去探望五道，但如果這麼做會給清霞添麻煩，美世也不打算堅持己見。

百足山那句「不要採取無謂的舉動」在她腦中閃過。

美世並非不信任清霞。跟他待在一起的話，就算是甘水，想必也無法輕易對自己出手。而美世也正是為了這個原因，才會每天跟清霞一起上下班。

不過，要是走在街上時發生意外，屆時就太遲了。

（現在，我的一舉一動，已經不是我一個人能夠承擔的東西了呢……）

美世將擱在腿上的手緊緊握拳——這時，一個大大的手掌包覆住她的拳頭。

「老爺……」

不知何時來到美世身旁坐下的清霞，以極為平靜的眼神凝視著她。

他泛著藍色光芒的雙眼，總是像寶石那般澄澈美麗，足以讓看到的人著迷得忘了當下的一切。

「妳害怕嗎？」

「是的。」

聽到美世這麼坦率承認，清霞輕輕攬住她的肩頭開口。

「我就趁這個機會說清楚吧，妳的父親基本上不可能是甘水。」

「咦……」

「把薄刃澄美嫁到齋森家的時期跟妳出生的時期相對照之後，結果一目了然。要是薄刃澄美在結婚後，仍有和甘水私會，就是另外一回事了，不過……聽說，為了避免她逃走，前任的齋森家當家不允許她踏出家門半步。而且，那個時期的甘水的行動，也仍在薄刃家的掌握之中。基於這些理由，甘水是妳父親的可能性應該微乎其微。」

之所以會用「聽說」，想必是因為跟薄刃家相關的情報，是由新提供給清霞的吧。

清霞和新或許都已經察覺到美世內心的不安，所以才會著手調查這件事。

「我明白現在無論要做什麼，可能都會讓妳感到不安。所以，為了除去妳心中的不安，我願意做任何事情。妳可以更坦率地表現出自己的感受。」

「……是。」

「我也會思考自己所能做的事……我想和妳一起跨越這段艱困的時期。」

清霞真摯的發言，深深刺進美世的胸口。

他絕不會讓美世孤單一人。所以，美世也應該放棄凡事都以「試著靠自己解決」為前提的思考模式。

「我在想……要是我在外出時發生什麼事，不知道該怎麼辦。倘若我在大街上遇到那個人——」

老實道出自己的顧慮後，美世覺得胸口彷彿輕鬆了一些。臉上浮現淺淺笑意的清霞朝她搖搖頭。

「妳不用擔心這個問題，只要甘水還是率領一個組織的人物，他就不會在白天光明正大地做出讓一般民眾的印象變差的愚蠢行為。要是想拉攏妳的話，他有更多可以當成目標的東西或手段。」

「當成目標的東西……？」

「別在意——總之，明天外出不會有問題，我們就一起去探病吧。連續躺在病床上好幾天，似乎讓五道閒得發慌。」

美世總覺得清霞好像敷衍地帶過了什麼關鍵的事情。

然而，現在的她仍有許多未曾見識過的狀況，能思考的範圍也相當有限。因此，雖然有股異樣感從腦中一閃即逝，美世最後仍選擇點頭回應清霞的笑容。

五道目前所待的醫院，是位於帝國軍本部裡頭的軍方附屬醫院。那裡集結了最尖端的醫療設備，還有堪稱帝國最傑出的各個領域的醫師們常駐。

因為屬於軍方設施，所以一般人無法隨意進出。不過，除了軍方相關人士以外，只要申請到許可，他們的親屬也可以在這間醫院接受治療，或是去裡頭探病。

（不過，沒想到我真的會有踏進帝國軍本部的一天呢。）

早上，搭乘由清霞駕駛的轎車出門時，美世回想起第一次跟他一起外出的事。

那時，兩人也是像這樣搭乘轎車移動。

聽到清霞說他要將車子停放在自己工作的地方，讓美世誤以為接下來要前往的地方是帝國軍本部──那是在兩人相遇後沒多久的春天發生的事。

之後，發生了許多大大小小的事情，美世自己和她身處的環境，也因此出現極為巨大的變化。

她總覺得彷彿經過了一段極為漫長的時光，卻又好像只過了一眨眼的時間。

（那時的我……一直很沒有自信，也總是畏畏縮縮的。）

不同於傳聞，清霞是個相當溫柔的人。

也因為這樣，美世渴望盡可能留在他身邊久一點。然而，她沒有異能，也不像同父異母的妹妹那樣是個出色的淑女。所以，美世認為這門婚事恐怕早晚會告吹。

從那時到現在，自己究竟變了多少呢？

會不會只有欲望變得強烈而已？她真的有所成長嗎？

美世朝身旁握著方向盤的清霞偷瞄了一眼。

「怎麼了？」

雖然只是偷偷一瞥，卻還是被清霞發現了。美世連忙移開視線。

「不，我只是想起第一次跟您一起出門時的事情。」

「噢，妳說那一次啊……」

清霞瞇起眼微笑，露出很懷念似的表情。

對美世來說，兩人第一次一起出門的那天，儘管讓她覺得非常害臊，卻也是一段美好的回憶。倘若清霞也這麼想就好了——她心中湧現這樣的小小期待。

帝國軍本部——亦即帝國陸軍的帝都基地，位於和對異特務小隊的值勤所有一段距離的地方。

被高聳的金屬柵欄圍繞的腹地裡，豎立著好幾棟有著冰冷白色外牆的巨大建築物。鐵門緊掩著，從柵欄的縫隙之間，可以窺見身穿軍裝、體格魁梧的軍人們在裡頭走來走去的身影。

和大門守衛稍微打過招呼後，身為士官的清霞便暢行無阻地將車開進基地裡頭。

「覺得緊張嗎？」

聽到清霞這麼問，美世忍不住笑出聲來。

「呵呵，老爺，您真是的。」

「怎麼？」

看到他像是鬧彆扭的反應，美世覺得更想笑了。

「因為，您之前第一天帶著我去對異特務小隊的值勤所時，也問過同樣的問題呢。問我『覺得緊張嗎？』這樣，呵呵呵。」

「別笑啦……這也是沒辦法的事啊。」

「我明白，謝謝您這麼擔心我。」

換做是以前的美世，大概會覺得清霞是擔心過於緊張的她會失態，進而讓自己蒙羞，然後一邊思考這種失禮的事情，一邊自顧自地消沉下來。

能夠像現在這樣笑出聲，是因為她已經明白清霞，還有他身邊的人，都相當珍惜自己。

「這可不是什麼好笑的事……雖然不想說這種話，但妳還是做好心理準備吧。」

「是。」

這裡是帝國軍本部，跟對異特務小隊的值勤所無法同日而語。

大部分的軍人都沒有異能，所以，就某方面而言，帝國軍裡的異能者，可說是擁有特殊待遇的存在。也因為這樣，對異能者懷抱著複雜心境的人也不在少數——這是美世事前聽聞的現況。

而且，清霞的未婚妻還是繼承了薄刃之血，跟目前的頭號罪犯甘水直有血緣關係的人物——據說，對相關事件比較了解的人，都已經掌握到這個情報。

待在對異特務小隊的值勤所時，美世便已經常時沐浴在不友善的視線之下。然而，帝國軍本部的情況似乎又會更加嚴重。

「不過，我沒關係的。」

美世早已經習慣了這樣的視線。

雖然不是她自願這麼做，而且，她也因為這些視線而倍感煎熬，但最近，美世終於能說服自己接受「這些之後都會變成讓自己成長的力量」這樣的想法。

這就是屬於自己的、屬於齋森美世的強韌——她變得能夠認同這一點。

步下轎車後，美世跟在清霞的斜後方，朝醫院走去。

從一旁走過的其他軍人，果然難以避免地對她投以幾乎可說是少根筋的好奇視線。

不過，美世比自己所想的還要不在意。

（……因為，比起我，感覺老爺更引人注目呢。）

真要說的話，在途中購買鮮花和水果作為探病禮物，並捧著它們抬頭挺胸地往前走的清霞，感覺更吸引軍人們的目光。

「那是久堂家的——」

「就是他啊，我記得他身手很了得。」

「甚至連高層，都有幾個在他面前會抬不起頭的幹部……」

「……外表看起來那麼清秀，卻這麼厲害啊。」

傳入美世耳中的低語，很明顯都是關於清霞的內容。

因為清霞似乎鮮少造訪此處，所以大家都覺得很罕見吧。同時，比起清霞的存在感，美世的出身背景什麼的，根本是不值得一提的事情。

（感覺好像是我緊張過頭了呢。）

有幾名軍人甚至在看到清霞的瞬間就臉色發白，像是落荒而逃那樣快步離開，讓美世很在意清霞跟他們之間到底發生過什麼事。

這裡的建築物看上去都十分相似，感覺一不小心就會迷路。在美世這麼想的時候，兩人抵達了醫院。

五道剛住院時，清霞便已經來過這間醫院一次。因此，他只是匆匆向櫃台打了聲招呼，便直接走向五道所在的病房。

兩人來到病房外頭時，剛好有一名身穿白袍的男醫師走了出來。

「哎呀，這～不是清霞老弟嗎？」

這名身型高挑削瘦、下巴生著鬍渣、看上去三十歲左右的醫生，帶著有點猥瑣的笑容朝清霞打招呼。

相較之下，清霞則是露出一臉無奈至極的表情，以「好久不見了」回應他。

「唔～你還是老樣子耶～面對年紀比自己大的人，態度依舊這麼高傲！嘻嘻！」

這名醫生獨特的笑聲，讓美世渾身起雞皮疙瘩。

從他跟清霞談笑自若的態度看來，這兩人應該互相認識。不過，他們究竟是什麼樣的關係呢？美世總覺得好像想知道、又好像不想知道。

「……不要發出這種詭異的笑聲。」

「嘻嘻！笑聲這種東西，怎麼樣都無所謂嘛～不要去在意一些雞毛蒜皮的事情，才能以平穩的心境過日子喔。」

「唉……那麼，那傢伙的狀況如何？」

面對嘆著氣這麼問的清霞，男性醫師再次發出「嘻嘻！」的笑聲。

「已經恢復到可以會客的程度嘍～身上的傷應該沒有之前那麼怵目驚心了～不過，他的體力明顯變差，所以應該還會再住上好一陣子吧～」

「有辦法在年底前返回工作崗位嗎？」

「這點程度的事，我想應該是沒問題～」

「是嗎？辛苦你了。」

在醫生離去前，跟他對上視線的美世向他點頭致意。然而，在看到他朝自己展露的詭異笑容後，美世臨時堆出來的笑容也瞬間僵住。

「剛才那位是？」

感到有些坐立不安的她，忍不住開口詢問將手伸向病房大門的清霞。

「噢，他是我母親那邊的親戚，擁有治癒的異能——我要進去嘍。」

雖然這麼出聲知會，但清霞不等裡頭的人回應，便直接開門入內。美世也跟在他身後踏進病房。

裡頭雖然算不上寬敞，但看起來是個可以住得很自在的單人病房。五道坐在位於房間深處的一張純白病床上。

「啊，隊長！」

看見兩人的五道朝他們用力揮手，但清霞無視這樣的他，繼續對美世說明。

「他的治癒異能相當優秀，只是個性有點問題。不過，也不是壞心的人就是了。」

「這樣呀。」

「委託他治療的話，傷勢可以復原得很好，但也會被他以『額外費用』之類的違法名目索求治療費。儘管如此，他的醫術仍然高明到會讓人覺得在情況危急時，給他治療是唯一選擇。」

言下之意，就是五道這次的傷勢嚴重到這種程度。

倘若身受重傷的人是清霞，自己還能保持冷靜嗎？現在雖然很難想像，但美世覺得或許有必要做好相關的覺悟。

「等一下！您不是來探望我的嗎？拜託不要無視我嘛～」

被清霞晾在一旁的五道忿忿不平地這麼開口後，一陣輕笑聲傳來。

「哈哈哈，愉快、真是愉快！五道，你實在很有趣啊。」

「吵死了！」

因為被屏風擋住，美世沒能察覺到他的存在。

先到的這名訪客，身穿一襲高調華美的和服，手上還把玩著扇子。看起來像個玩世不恭的青年的他——是辰石家的現任當家辰石一志。

一志似乎還是老樣子，對調侃五道一事樂此不疲。

「你從剛才就一直對我大吼大叫的耶，難得我來給你探病呢。」

「我又沒拜託你來。」

「討厭啦，我們不是朋友嗎？」

「誰跟你是朋友啦！」

被五道的咆哮聲逗得笑開懷的一志，最後啪地一聲，闔上扇子起身。

「好啦，那我也差不多該告辭了。」

「請便請便。啊啊，我現在覺得神清氣爽了啊～」

「我下次再來。」

「你別再來了啦！」

一志披上色澤鮮豔的羽織外套，朝清霞和美世露出笑容。

久違的他，仍然讓人感覺不到身為辰石家當家應有的尊嚴。用「遊手好閒的紈褲子弟」來形容他，或許才是最貼切的。

「好久不見了，久堂先生。」

「嗯。辰石，是大海渡少將閣下介紹你過來的嗎？」

「沒錯，聽他說五道受了重傷，我很好奇，又覺得應該會很有意思，所以就過來了。」

「你這種糟糕的興趣，也該收斂一點了。」

「我會銘記在心的。」

一志懶洋洋地揮了揮手，步出五道的病房。

以一臉無言的表情目送他離開後，清霞走到五道的病床旁。這時，不知為何，五道突然噗嗤笑出聲。

「噗！啊哈哈哈！有夠不適合耶！隊長……拿花束……噗噗！」

「……」

美世偷瞄清霞的側臉，發現他板著的臉孔上明顯透露出怒氣。

其實，美世一直在想，五道會不會是故意要惹清霞生氣？如果是這樣，感覺他就跟刻意來這裡調侃他的一志沒什麼差別了。

但這樣的想法可能只會引發口角，所以美世也沒打算說出口就是。

「你看起來挺有精神的嘛？好像也沒必要特地過來探望。」

冷冷俯瞰著五道的清霞，說了一句「把這個插進花瓶裡」，同時將懷裡的花束遞給美世後，便將水果放在附近的櫃子上，然後轉過身去。

看著未婚夫像是突然動怒的態度，美世不禁有些茫然。

「老爺？」

（難……難道已經得回去了嗎？）

但我們才剛過來呢——正當她遺憾地這麼想時，清霞轉過身來。

「我離開一下。美世，妳可以自己繼續待在這裡。」

「啊，是……」

難得都過來了，他為什麼又要出去呢？

清霞不可能是因為被五道取笑而真心動怒。倘若只是這點程度的事，就會讓他氣到連五道的臉都不想看，那麼，平常老愛對他開玩笑的五道早就沒命了。

而且，美世總覺得準備走出病房的清霞，背影看起來似乎有哪裡不對勁，讓她猶豫著要不要追上去。

（為什麼……）

雖然內心有些不知所措，但因為也沒其他辦法，總之，美世先將懷裡的花束解開，將花朵一支支插入花瓶裡。

看樣子，先來探望的一志並沒有帶上花束之類的慰問品，所以花瓶仍是被收起來的未使用狀態。

「不好意思喔，美世小姐～」

「不會。」

這點小事不會花太多功夫。

看著五道有些愧疚地以一隻手扶著後腦勺向自己道歉，美世以笑容回應。

雖然他感覺一如往常地有活力，然而，睡衣之下若隱若現的白色繃帶和紗布，遠比美世所想像的還要來得多，光看就覺得很痛。

這樣的五道，已經是能夠會客的狀態了。那麼，在恢復到現在這樣之前，他原本的傷勢究竟有多麼嚴重呢？美世甚至害怕得不敢想像。

「那個……五道先生，這次……那個，該怎麼說呢……真的……非常抱歉。」

將鮮花全數插進花瓶裡頭後，美世轉身望向五道，朝他深深一鞠躬。

他的傷勢是甘水直所為。也就是說，這是薄刃家的責任，因此美世也不該擺出一副不關己事的態度。

這樣向五道賠罪，或許也只會讓他感到困擾而已，可是，美世實在無法悶不吭聲。

「別這麼說，這不是需要讓妳道歉的事情啊，美世小姐。」

「可是……」

五道緩緩搖了搖頭。

「請妳別放在心上——不過，就算這麼說，可能也是強人所難吧。有錯的是做出這種事情，而且以後還打算繼續做下去的甘水和異能心教，而不是妳喔。」

「……是。」

「所以，妳特地來探望我，我才應該跟妳道謝呢。」

五道的笑容一如過去那樣開朗，給人很好親近的感覺。

他平安無事真是太好了。倘若五道在這次任務中喪命，美世和清霞想必無法懷抱和過去相同的心情活下去吧。

美世在病床旁的一張木頭小板凳上坐下。

「您的身體還會痛嗎？」

聽到美世這麼問，五道含糊地以「這個嘛……」回應。

「老實說，兩三天前真的很痛呢～我全身都纏上了繃帶，而被繃帶包住的燙傷也很嚴重。」

五道的說話語氣相當輕鬆，彷彿這不是什麼大不了的事情，但他說出來的內容卻相當驚人。

一般情況下，全身都出現重度燒燙傷的話，傷患會陷入在生與死之間徘徊的險境——而且救不回來的可能性相當高。不過，五道是肉體比一般人更來得強韌的異能者，再加上又找來有治癒異能的人為他治療，才得以保住一條命。

除了對異特務小隊以外，前往異能心教其他據點的部隊，據說也同樣被他們引爆現場的計畫波及。無人因此喪命，或許可說是奇蹟了吧。

「等我歸隊，我絕對會把異能心教那幫人一網打盡～因為我意外是個很會記恨的人呢！」

「請……請您加油……」

「我會加油的！」

兩人的對話告一段落後，美世開始在意起遲遲沒有回來的清霞。

他會不會是去找婆婆親戚的那位醫師商量什麼呢？

美世在腦中這麼想像時，五道再次輕聲開口。

「在我剛住院的時候，就連那個隊長……都震驚得說不出半句話呢。他一定覺得自己也有責任吧。」

看來，五道原先的傷勢果然很嚴重。美世不禁覺得胸口隱隱作痛。

清霞原本就不是個多話的人，然而，既然總是一起工作的五道都這麼說了，這件事想必為他帶來相當大的震撼吧。

「要是透露太多事情讓妳知道，隊長可能又要生氣了吧，不過～」

「咦？」

「我想，隊長會覺得自己有責任，有一部分的原因，當然是基於他上司的身分。不過，比起這個……更讓他動搖的，或許是那段過往吧。」

「那段……過往？」

五道很罕見地沒有開玩笑帶過，而是以認真的表情點了點頭，然後從病房窗戶望向外頭。

早上踏出家門時，還是一片晴朗的天空，現在被厚重的灰色雲層填滿，變成看起來隨時都會飄雪的天氣。

（老爺和五道先生的過去……）

和薰子相識後，開始讓美世在意得不得了的清霞的過往。

身為他忠誠下屬的五道，究竟會道出什麼樣的內容？美世忍不住稍稍繃緊神經。

「以前，我的父親曾經擔任過對異特務小隊的隊長。」

「您的父親嗎？」

「我老爸曾是個值得尊敬的異能者。他的能力很優秀，下屬們也都相當仰慕他。至於我……因為對這樣的父親產生抗拒感，所以跑去留學了。」

這些全都是美世初次耳聞的事情。然而，最關鍵的是……

──「曾」是個異能者。

察覺到五道過去式的表達方式後，美世明白了他的父親現在極可能已經不在人世的事實。

「當初，我老爸執拗地遊說還在念書的隊長加入對異特務小隊，說想栽培他成為下一任隊長。但隊長表示自己不打算從軍，之後就升學考進帝大。儘管如此，我老爸仍沒有放棄──」

美世不知道五道此刻臉上是什麼樣的表情。他的視線一直落在窗外，不曾轉過來望向美世。

「某天，我老爸在出任務時殉職了。因為敵人實在太強。然而，若是隊長接受老爸的建議，加入對異特務小隊的話，以他們的實力，應該就能輕鬆解決那個敵人。那時，隊長也奉天皇之令而前往現場支援我老爸，但最後沒能趕上。」

「這……」

試著想像清霞當下心境的美世，不禁將手按上胸口。

「當然，我老爸會死，並不是隊長的錯。可是，留學回來的我，卻還是用『我老爸會死都是你害的』來指責隊長。因為這樣，隊長變得過分自責，到頭來還是加入了對異特務小隊。」

至此，五道輕輕嘆了一口氣，帶著落寞的微笑轉頭望向美世。

「我老爸死的時候，除了他以外的隊員全都平安無事。而這次也是差點只有我一個人死掉，所以，我猜這或許讓隊長回憶起當時的事了吧。」

「……」

美世總覺得，現在無論開口對五道說什麼，似乎都不會是正確答案。

她不會覺得「要是不知道這件事就好了」，只是——

「非常抱歉，我不該過問這麼多。」

「不不不，是我自顧自地跟妳說這些而已。畢竟妳也想多了解隊長一些吧，美世小姐？」

「您怎麼——」

聽到五道一針見血的指謫，美世不禁圓瞪雙眼。

清霞不常跟美世提起自己的事情。然而，正因如此，美世才希望能更了解他；但同時，這樣的渴望是否會造成清霞的困擾，也讓美世有所顧忌。

所以，至今，美世明明不曾對他人提及這樣的想法。

將本人不願提起的事情說出來，並不是一件好事。美世自己也有許多不想主動道出的過往。

（光是回想，就讓人感到煎熬不已的記憶，一般人都不會想說出來，也不想被別人知道……）

然而，在得知自己不願明說的過去，幾乎都已經被清霞調查得一清二楚的時候，美世卻有種鬆了一口氣的感覺。

「我猜，那個不擅言詞的隊長，八成沒跟妳提過這方面的事情吧～結果似乎真的如我所料，讓我有點無言呢。」

五道以輕浮的態度哈哈笑出聲，他的臉上已經不見方才的陰鬱神色。

美世忍不住開口問了五道一個問題。

「我……可以直接跟老爺打聽他過去的事情嗎？」

不願被觸及的過往。

不用說，清霞必定也有這樣的過往。美世可以抱持想要了解、想要聽到清霞親口告訴自己的渴望嗎？這麼做的話，會不會傷害到他呢？

不過，這種事應該由美世自己做出判斷，就算詢問五道，也沒有任何意義。只是，她很想聽聽來自他人的明確意見。

五道瞇起雙眼，罕見地露出平靜穩重的微笑。

「我想，妳直接問他的話，隊長應該也會比較開心吧。如果對象是妳的話，他一定也會樂意吐露自己的一切。雖然這只是我個人的看法就是了。」

「是這樣嗎……」

「就算不問我，妳應該也能想像出隊長會作何反應了吧，美世小姐？妳只要相信自己的選擇就好，無論是要主動出擊，或是繼續保持被動的態度，我覺得都可以喔～」

五道說的沒錯。

美世和清霞相處的時間，遠比五道、薰子跟他相處的時間要來得短。然而，美世認為她也有用自己的方式，努力了解自己的未婚夫。要是不相信這樣的自己，她還能怎麼辦呢？

「非常謝謝您，我會試試看的。」

「嗯，但如果哪天妳厭倦了那個不擅表達、個性又很冷淡的隊長，請務必來投靠我喔～如果是美世小姐的話，我可是超級歡迎呢～」

看到五道以壞心眼的笑容這樣開玩笑，美世也笑著點點頭。

「好的。」

「萬歲！」

「什麼東西萬歲？」

聽到剛好走回病房的清霞這麼問，五道不由得整個人僵住。

「沒事！什麼都沒有！」

看到下屬一臉認真地朝自己行舉手禮，清霞以冷冷的眼神望向他，但隨即又嘆了口氣。

「美世，差不多該回去了。這樣妳滿足了嗎？」

「是的。」

雖然還是很擔心五道的身體狀況，但至少他今天看起來精神還不錯。

基於自己目前的處境，美世的行動範圍相當有限，所以也不知道能不能再來探望五道。但看到這樣的他，至少可以放心一些了。清霞或許也有同樣的感覺吧。

「請兩位再來看我喔～」

「是你應該趕快把身體養好，然後歸隊才對，你這個呆瓜。」

「我還想繼續在這裡享受一陣子吃飽睡、睡飽吃的生活呢，請恕我拒絕～」

「……」

「請您放心吧。待在這裡的閒暇時間，我也會好好構思用來報復甘水直的完美戰術的！」

看到五道揮手道別，美世也輕輕揮手回應他，然後和清霞一起步出病房。

◇◇◇

目送上司及其未婚妻離去後，原本坐在病床上的五道再次仰躺下來。

在醫院開放會客後，不少人陸陸續續像這樣過來探望他。雖然很感激大家的心意，但他實在也覺得有點累了。

「我的體力果然變差了嗎……」

比起一般的治療方式，透過治癒異能進行的治療，可以讓被治療者恢復得更快、復原得更徹底，不會留下後遺症。但相對的，也會消耗被治療者大量的體力。

因此，並不會有傷勢在一瞬間徹底痊癒、被治療者也能馬上恢復日常生活這種事發生。還是必須住院休養一陣子。

不過，雖然對這些心知肚明，但五道其實還是希望能盡早回歸職場。

（在這種極度需要戰力的情況下，我哪能一個人躺在這裡睡大頭覺啊。）

事與願違的現況，讓五道感到焦躁不已。他閉上眼悶悶地思考片刻後，又有新的訪客現身了。

因為沒聽說老家的人或是親戚要來探病，他不禁好奇地伸長脖子，查看來者何人。

緩緩打開病房大門入內的，是身穿軍裝，看起來似曾相識的一名年輕女性。

「好久不見了，五道先生。你的傷勢現在怎麼樣？」

「……妳是……陣之內薰子？」

「你答對嘍！」

俏皮地彈了一下手指的她，正是五道好幾年不見的同事陣之內薰子。

雖然有聽說薰子為了遞補自己的空缺而來到帝都一事，但五道完全沒料到她會像這樣獨自過來探望自己。

不過，雖說已經好幾年沒有聯絡過，但在薰子被指派到舊都之前，五道跟她的關係其實還不錯，所以倒也不覺得特別驚訝就是了。

五道再次抬起上半身坐起，然後吐出一口氣。

「如妳所見，我的傷勢恢復得還不錯。話說回來，現在不是妳的值勤時間嗎？」

五道詫異地這麼問之後，薰子在方才美世所坐的那張木頭小板凳上坐下，以「這點你不用擔心」回應。

「我被任命為美世小姐的保鏢，但因為久堂先生今天上午都會跟她一起行動，所以我就休假了。」

「原來如此。」

雖然身為力氣和體力都不如男性的女性，但薰子擁有優秀的戰鬥能力。因為和美世同為女性，所以能跟她一起行動的範圍也比較廣，是最適合擔任保鏢的人選。

「久堂先生和美世小姐剛才也來過了嗎？」

薰子望向花瓶裡的鮮花以及放在籃子裡的水果，輕聲這麼開口。

「嗯。雖然隊長態度很冷淡。」

「你們還是老樣子，交情很好呢。」

看到五道聳聳肩的反應，薰子忍不住笑出聲。

「陣之內，妳的工作順利嗎？」

「還算可以。雖說是保鏢，但我每天也都只是跟美世小姐一起在值勤所裡頭做些雜務而已。不過，因為這樣，也不會感到無聊呢。」

這時，和薰子相關的記憶突然在五道腦中浮現。

（這麼說來，陣之內她——）

薰子的老家經營著一所歷史悠久、代代傳承下來的正統道場，她的父親是道場的師父，嫁過來的母親則是異能者的家系出身。

她的母親並非異能者，不過，透過隔代遺傳，薰子一出生便擁有異能。再加上又承襲了父親的劍術天賦，因此，作為一名戰士，她得到了相當優秀的評價。

正因如此，她也曾被引薦為清霞的未婚妻人選。

（噢，原來是因為這樣嗎……）

明白現況後，五道忍不住伸出手撥亂自己的瀏海。

雖然美世原本就是個總是表現得戰戰兢兢的女孩子，但今天的她看起來格外迷惘。她會渴望了解清霞的過去，原因或許就在這裡。

「陣之內。」

聽到五道的呼喚，原本眺望著花瓶裡的鮮花的薰子轉過頭來。

「什麼事？」

「我問妳——妳是不是還對隊長念念不忘？」

薰子的一雙眼睛瞪得老大。

「……你在說什麼？」

「別裝傻啦～妳從以前就一直喜歡著隊長吧？」

「我……並沒有……」

看著薰子別過視線、默默垂下頭的反應，五道心中浮現了焦躁和憐憫的情感。

他不覺得自己的直覺特別敏銳，但跟薰子共事之後，還是自然而然地察覺到她的心意。

對清霞來說，薰子不過是職場上的同事、是他眾多未婚妻候選人其中之一。然而，薰子卻不是這麼想的。

「我也不是要責備妳。要對誰抱持好感，我覺得是每個人的自由。」

「……」

「可是啊……」

五道頓了頓。

他並不想刻意傷害薰子，然而，接下來要說出口的這句話，有可能會讓她落淚。儘管如此，五道仍有無法退讓的原則，所以他不得不這麼做。

「妳可別從中破壞那兩人的關係喔。」

薰子瞬間屏息，然後猛地抬起頭。

從這樣的態度看來，她很明顯已經做了什麼不該做的事情。

「我——」

「不要裝了。雖然要喜歡誰是每個人的自由，但我覺得這種行為不可取喔。」

對清霞來說，美世是他好不容易得到的、能讓心靈平靜的存在。

五道一直都在清霞身旁看著他，所以能夠明白。清霞和美世註定要相遇，成為彼此的救贖，便是那兩人的生存方式，他們之間不存在能允許他人介入的空間。

說出這種話，雖然對單戀未果的薰子有些愧疚，但五道不能容許她擅自擾亂那兩人的心思。

「……你又懂什麼呢，五道先生。」

五道並沒有因為薰子勉強擠出來的痛苦嗓音而動搖。

「要是想破壞那兩人的關係，妳就大錯特錯了。至少我看得出來，這樣的行為不會為任何人帶來好處，包括妳自己在內。」

「我失陪了！」

看著薰子衝出病房的背影，五道沒有出聲挽留，只是嘆了口氣。

接下來就是薰子自己的問題了。不過，五道也懷疑他是不是說得太過火，因此湧現了些許後悔。

（我是從什麼時候開始，變得這麼多管閒事了啊～）

儘管可能因此被薰子憎恨，但總比讓她為清霞和美世之間的關係帶來負面影響要好。

五道讓筋疲力盡的自己躺平，淺眠了一小段時間。

◇◇◇

步出醫院後，清霞轉過頭望向美世。

「要去外面走一走嗎？」

「……好的。」

美世沉默地跟在清霞身後，穿越來時的大門，走出軍事基地的腹地。

現在，距離他們得回去值勤所的時間，還有好一陣子。美世沒有理由反對清霞這個有些反常的提議。

走到鮮少有一般人通行的大門外頭後，只要穿越一條小巷，就會抵達靠近市街的大馬路。

「抱歉，會不會冷？」

看到清霞一臉擔心地這麼問，美世搖了搖頭。

她身上披著羽織外套，脖子上也纏著圍巾，禦寒措施做得相當徹底。迎面吹來的空氣，雖然一如現在的季節那樣冰冷，但還不至於冷到讓人直打哆嗦的程度。

「不會。」

「是嗎？」

隨後，清霞再次轉身往前走。但為了讓美世跟上自己，而刻意放慢的腳步，非常像他的作風。

（很像老爺的作風呢。）

之所以會這麼覺得，是因為跟清霞相識後，他便一直以這樣的態度對待美世。身為美世未婚夫的他，便是這樣的一名人物……自己真的能夠懷抱「希望了解更多的他」這樣的願望嗎？

沉默地前進片刻後，兩人來到一處只有零星遊客的公園。

行道樹的葉片多半已經凋零，只剩下看起來很寂寥的光禿禿枝幹。基於現在的季節和天氣，會特地踏進公園的人似乎也減少了許多。

「那個……老爺？」

因為不知道清霞打算領著自己前往何處，美世有些不安地輕聲開口呼喚。

聽到她的聲音後，清霞沒有回頭，只是停下腳步。

「休息一下好了。」

然後像是自言自語地這麼輕喃。

於是，美世跟清霞在公園的一張長椅上並肩坐下。兩人之間隔著大概三個拳頭的距離。

美世望向開口次數比平常更少的清霞。

（感覺……應該不是心情不好吧。）

現在，美世變得能夠正確判讀清霞的表情了。此刻的他，比起心情不好或是在生氣，用「感覺有什麼心事」來形容，或許比較恰當。

不過，要說讓他陷入煩惱的原因，美世就沒有頭緒了。

「老爺。」

「怎麼？」

再次開口呼喚後，清霞只是出聲回應，並沒有望向美世。

「您在擔心什麼嗎？」

美世試著憑自己的直覺這麼問。

從五道那裡聽到的過往，這時再次浮現於她的腦中——關於五道父親的那段回憶。

然而，沒有勇氣馬上切入正題的她，只能以這種不上不下的問法試探清霞。

「妳聽五道說了什麼嗎？」

清霞以雙手抱胸，緩緩閉上雙眼反問。

去探病的時候，清霞的態度明顯不太對勁。關於這點，他本人或許也有所自覺。正因為這樣，他才會判斷美世可能對此感到不解，轉而詢問五道吧。

自己這麼做，會不會很卑鄙呢——雖然內心不安地這麼想著，美世仍鼓起勇氣回答。

「我從五道先生那裡聽說了一些。」

「……是嗎？」

「老爺，您——」

話說到一半，美世猛然回過神，然後沉默下來。

一個沒注意，她差點就脫口問了無謂的問題。

（不，我不能在這種關頭卻步呢。）

若是這麼做會讓清霞感到憤怒或悲傷，就向他道歉吧。只要畏畏縮縮地在一旁等待，問題就能迎刃而解的時期，早已經過去了。

「您會排斥讓我……知道跟您有關的事情，或是您的過去嗎？」

美世筆直地望向清霞，坦率地這麼問道。她察覺到清霞一瞬間屏息的反應。

「美世……」

「我想更了解您，就算不是您的一切也無所謂。只是，一如您對我的了解那樣，我也希望自己能更了解您。」

認識薰子後，美世深深體會到一件事。

美世所認識的清霞，的確是清霞本人沒有錯，但也只是他的一小部分而已。明明是他的未婚妻，美世卻比周遭的任何一個人，都更不了解清霞。

（可是，我總覺得不能主動去詢問老爺這些……）

就算知道了，美世也無法做些什麼。儘管如此——

兩人之間隔著三個拳頭的距離。美世放在那裡的手，被清霞的手輕輕覆上。那是堅硬卻又溫暖，總是讓美世感到安心不已的掌心的觸感。

「因為這樣而感到開心……好像也不太對。」

「咦？」

「即使讓妳知道和我相關的一切，我也絕不會感到排斥。」

清霞那雙藍色的美麗眸子，此刻終於轉過來望向美世。

清霞一直都很為美世著想，至今，美世都只是單方面依賴他這樣的好意。光是自己的問題，便讓美世應付不過來，因此老是讓清霞遷就配合她。

然而，光這樣是不行的。今後，美世也想繼續跟清霞互相扶持下去。正因如此，倘若清霞不排斥的話，美世希望自己能夠更了解他。

「不過，我其實沒什麼有趣的事情可以讓妳了解。」

「就……就算不有趣也沒關係！」

聽到美世的回應，清霞震顫著喉頭笑起來。

「哈哈哈。」

然後像是再也忍不住似地大笑出聲。

美世是第一次看見他這樣笑。

「真……真是的！您為什要笑呢！」

「不，抱歉，因為我發現自己似乎誤會了很多事情。」

「誤會？」

看到美世表現出不解的樣子，清霞停止發笑，朝她點點頭。

「說起來很沒出息，其實，面對這次的意外，我動搖的程度比自己所想的還要嚴重。我不想讓妳看到這樣的自己。」

「咦……」

「真是無聊呢，這種想逞強裝帥的堅持。可是，我其實一直很不安，擔心妳會因此對我感到無言，不願再待在我身邊。」

聽到完全出乎自己意料的這番說明，美世不禁眨了眨眼。

對清霞感到無言，或是不願再待在他身邊什麼的，這種事明明不可能發生呀。

「雖然我也相信妳不會離開我就是了。」

「這是當然的。我已經決定了，就算您說要離開我——如果真的發生什麼讓我們分開的事情，我也絕對會找到您，繼續跟在您身邊。」

美世流暢地道出自己真正的心意，流暢到她本人都覺得吃驚的程度。

她絕不會離開清霞。將這樣的想法實際說出口之後，美世的決心變得更加堅定了。

「放心吧，我也不打算放開妳的手。」

「……是。」

兩人就這樣互相凝望了片刻後，美世因為想起一件重要的事情，而率先回過神來。

（現在是不是可以問出口了呢？）

讓美世感到難以啟齒，也不太願意提及的事情。然而，不釐清這件事的話，問題就無法解決。

最後，她決定鼓起勇氣開口。

「老爺。」

「怎麼？」

「您跟薰子小姐過去是一對戀人嗎？」

清霞臉上的笑容瞬間凍結。

「……妳為什麼會這麼想？」

「您們過去不是有可能締結婚約的關係嗎？而且，薰子小姐不但人很好，長得也很漂亮……在我看來，您感覺也並不討厭她……」

直到方才，都還溫柔地瞇起雙眼微笑的清霞，此刻眼神變得愈來愈可怕。看著這樣的他，美世說話的聲音也愈變愈細。

不知是不是她多心，原本已經相當寒冷的氣溫，現在似乎又下降了一些。

「感覺並不討厭她……嗎？」

「那……那個……」

「抱歉，這是我的錯。」

美世原本還以為自己惹清霞生氣了，因此嚇出一身冷汗；但看到清霞反過來向自己低頭致歉，她不禁愣在原地。

「老爺，您為什麼要……」

「我跟陣之內之間什麼都不曾發生過，以前和現在都是。」

「咦？可是……」

這兩人看起來那麼親密，但實際上卻什麼都不曾發生過嗎？

薰子和清霞厭惡的那些驕縱名媛不同。有著美麗外表的她，對任何人都很溫柔，也有可愛的一面。對清霞來說，薰子並沒有什麼特別令人反感的要素，所以他才會現在仍和她相處融洽吧。

（胸口好痛呀……）

聽聞清霞和薰子之間什麼都不曾發生過的事實，讓美世瞬間放心了不少。然而，她愈是思考，愈覺得這兩人的婚約沒有破局的理由。

「若是因此讓妳感到不安，我很抱歉。一開始沒能好好跟妳說明的我也有錯……話說回來，妳這陣子常常表現出欲言又止的樣子，難道就是因為這件事嗎？」

「是的。」

因為太害怕，美世沒能問出口。倘若聽到清霞說他過去曾和薰子是一對戀人，美世恐怕會陷入無法自拔的不安之中吧。

「唉，原來這也是我想太多了嗎……」

「咦？」

「沒什麼，我們回去吧。」

「是。」

返回帝國軍本部的路上，清霞再次輕聲開口。

「美世，以後如果想知道什麼跟我有關的事情，我希望妳能直接問我，不用顧慮太多。基於自己的工作性質，我可能無法一五一十地告訴妳一切，但我會盡可能對妳坦承。」

「是！」

早知如此，自己不要過度恐懼，早點開口問清霞就好了。喜悅的心情，讓美世的腳步也跟著變得輕盈。

◇◇◇

薰子像是逃跑似地離開醫院，然後返回值勤所。但目前時間還是上午，她難得的假期尚未結束。

她不自覺地來到空無一人的餐廳，茫然眺望著杯中搖曳的水面。

『我問妳——妳是不是還對隊長念念不忘？』

她不斷反芻五道這個深深刺進自己胸口的問題。

打從一開始，她就很清楚這段戀情不可能開花結果。

所以，還是十來歲少女的時候，她理應早就放棄了這樣的冀望。

得知戀慕的對象一口回絕了和自己的婚事之後，薰子明白了「啊啊，那個人想要的並不是我呢」的事實，因此連日以淚洗面，沮喪到甚至食不下嚥的程度。

可是，除了薰子以外，那個人也拒絕了所有找上門的相親對象。所以，儘管只是一名同事，但能夠待在他身邊的自己，是特別的存在——薰子這樣說服自己，然後重新振作起來。

然而……

看到讓他傾心的女性出現在自己眼前，薰子再也無法當個沉默的旁觀者了。

（我真是醜陋啊。）

薰子的言行舉止，想必讓美世受到傷害了吧。

可是，看到美世沮喪的模樣，總讓她有種痛快的感覺，也因此無法停止這樣的行為。被嫉妒支配、不斷做出不理智行為的自己，簡直醜陋到讓薰子自己都感到作嘔。

實際看到齋森美世這個人，並且和她相處下來之後，薰子深深明白了一件事——她無法贏過美世。

（是我……輸了呢。）

像美世那樣的女性魅力、端莊賢淑的氣質……她的嫻靜、純粹和溫柔，全都是薰子所沒有的東西。

倘若清霞所愛的女性就是美世，無論薰子再怎麼努力，清霞的眼中都不可能有她。

剛認識美世的時候，薰子曾說過「我們很相似」這種話，然而，同為女性的她們，選擇的生存方式，卻可說是截然不同。

眼角湧現一股溫熱感。自己倒映在眼前水杯中的身影，開始變得模糊、扭曲。

（如果我更有女人味的話……如果我能變得像美世小姐那樣的話……）

清霞說不定就會回過頭來看看她了吧。

思考這種毫無意義的事情的自己，讓薰子打從心底感到厭惡。

「陣之內。」

溫熱的液體滴落手邊的同時，一個平靜的呼喚聲讓薰子抬起頭來。

「……藪長先生。」

身為餐廳負責人、同時也是廚師的前軍人藪長，不知何時走到薰子身旁俯瞰著她。

「怎……怎麼了嗎？」

午餐時間即將到來，廚房現在應該忙得不可開交才對。

聽到薰子這麼問，藪長默默掏出一條純白的手帕遞給她。

「接下來的時間，會有一堆男人來這裡吃飯。妳在這種地方掉眼淚，會給我添麻煩的。」

發言內容雖然很無情，但藪長在百忙之中刻意離開廚房，來到薰子身旁將手帕借給她的行動，透露出他無法完全掩藏的體貼心意。

「……非常……感謝你。」

這麼向藪長道謝後，薰子的淚水再次潰堤。她接受藪長的好意，接過他的手帕，擦拭不斷滑落的淚滴。

這時，藪長突然以鼻子哼了一聲，然後用下巴向薰子示意餐廳出入口的方向。

「咦？」

薰子順著他的指示移動視線，發現美世探頭朝餐廳裡頭望的身影。

「妳回來得好早呢。」

薰子招呼看起來有幾分顧慮的美世進入餐廳，坐在她身旁這麼開口。

藪長收走薰子剛才那只水杯，送上兩個裝滿溫熱綠茶的茶杯。

「我們途中還有繞去別的地方，所以應該不算早……」

美世微微歪過頭，以有些猶豫的語氣這麼說。

在探望五道後，她想必是跟清霞感情融洽地一起到其他地方閒逛，然後才回來這裡吧。這麼想像的薰子，感覺內心的傷口又開始慢慢化膿。

儘管瞧不起如此惡劣的自己，她卻無法抑制對美世的嫉妒。

「那個，薰子小姐。」

「什麼事？」

「……對不起。」

看到想說些什麼的美世，薰子原本還繃緊了神經，但聽到美世向她道歉後，她不禁懷疑起自己的耳朵。

（為什麼是妳向我道歉？）

無論怎麼想、無論看在誰的眼底，該道歉的人都是薰子，而並非美世。

湧現這樣的想法後，儘管明白自己沒有埋怨對方的理由，薰子內心的怒氣仍慢慢高漲起來。為了不要表露出內心醜陋的嫉妒，薰子一直都很小心，但現在，她開始覺得這樣的自己很愚蠢。

「為什麼這麼說？」

這麼詢問美世的嗓音，遠比薰子本人所想的還要來得低沉。

然而，美世似乎沒有察覺到她的異狀，只是一臉愧疚地開始說明自己向她道歉的理由。

「我之前誤會了。聽說妳過去是老爺的未婚妻人選之一後，我以為你們兩位……那個……曾經是特別親密的關係。」

薰子不自覺地將雙手緊緊握拳。

倘若真的像美世所說的那樣，她跟清霞有過一段特別親密的關係，那該有多好呢。她夢想這樣的場景多少次了呢。

「因為這樣的誤會，我想……我之前可能一直都很嫉妒妳。」

這句話傳入耳中的瞬間，薰子的情感一口氣沸騰了。

「為什麼！」

她激動吶喊，以幾乎要把椅子彈開的動作猛地起身。美世的表情也因此寫滿錯愕。看到她那張美麗的臉蛋，薰子更加憤怒了。儘管這樣的行為可能蠻不講理，但她再也無法控制自己的情緒。

「這才不是什麼誤會。別用誤會這種說法來解釋一切。我跟久堂先生確實沒有特別親密，可是……我一直都很喜歡他！」

「……」

「對自己和別人都很嚴格，卻也比任何人都來得重視同伴，而且又很強大。我從以前就很仰慕這樣的久堂先生。我將他當成男人來喜歡，早在妳出現之前，就一直喜歡著他！」

薰子無法抑制從內心湧現的感情洪流，只是一股腦地對美世發洩日積月累的不滿。

「妳之所以會感到嫉妒，是因為我讓妳這麼做。因為我先開始嫉妒妳，所以，我刻意當著妳的面，做出會讓妳感覺我比較了解久堂先生的舉動。就像是在炫耀那樣。」

例如搬出美世無從得知的過去的話題，動輒讓她感受到兩人之間的差異。

自己認識清霞的時間更久、有過許許多多和他共度的回憶、也更了解他——她想向美世證明這些。

因為她不願承認美世抵達了自己怎麼都到不了的那個地方。

「薰子小姐……」

「可是，為什麼是妳要道歉呢？明明是我不對，但妳卻率先開口道歉，這樣我不是更難堪了嗎？」

這番說詞，聽起來完全是薰子單方面在找麻煩。被她這樣責難，美世恐怕也只會覺得困擾或是生氣吧。

心中無處可去的憤怒、悲傷和愧疚全數混雜在一起，心情亂成一團的薰子，最後只能無力地癱坐下來。

「對不起……」

賠罪的話語，隨著淚水自然而然地傾洩而出。自顧自地大發脾氣，接著還開始掉眼淚——這般可笑又麻煩的自己，真的讓薰子厭惡得不得了。

看著薰子低垂著頭的模樣，美世緩緩開口。

「薰子小姐，我想……我應該能明白妳現在的心情。剛認識妳的時候，我就一直非常、非常羨慕妳。」

「……就算……羨慕我這種人也……」

她根本沒有什麼值得美世羨慕的地方，然而，美世只是朝薰子輕輕搖頭。

「我很想像妳這樣，跟老爺並肩站在一起。可是，我沒辦法戰鬥，也還無法好好運用自己的異能。所以，我一直很羨慕妳。」

美世朝薰子伸出手，那是一雙有些粗糙，跟一般的名門千金相去甚遠的手。

「可以請妳繼續當我的朋友嗎？」

「……」

「我們或許有相似之處，但同時，一定也擁有彼此所沒有的東西，所以才會像這樣嫉妒對方，並因此鬱悶不已。」

在眼前朝自己伸出手的她，嗓音聽起來宛如無風的湖面那般平靜，緩緩滲入薰子的胸口，溫柔撫慰了她千瘡百孔的心。

（啊啊……能讓我介入的空間，真的……）

打從一開始就不存在。

其實她早就明白了，美世就是適合站在清霞身旁的那個人——是她完全比不過的一名女性。

「……想跟其他人互相了解，或許是一件困難的事情。不過，我們現在已經明白彼此的很多想法了。這樣的話，妳不覺得我們就能夠變得比過去更加要好嗎？」

自己真的可以握住眼前的這雙手嗎？

無法得出答案的薰子沉默下來。

（我還有另一件瞞著她的事情。）

要是這件事曝光，薰子自己也絕對無法全身而退。比起用言行舉止傷害美世，這是個更加重大、同時也罪不可赦的祕密。

若是自己拾起了這雙手，恐怕會讓美世淪為罪人的朋友。

然而，薰子終究還是沒能戰勝誘惑。回過神來時，她已經自然而然握住美世纖細的雙手。

「妳願意的話，我還想繼續跟妳當朋友。」

聽到薰子發自內心的答覆，美世回以一個柔和的微笑。

「是，以後也請妳多多指教，薰子小姐。」

感受著和美世相互了解的喜悅，以及幾乎要被沉重罪惡感擊潰的壓力，薰子以那張快要哭出來的臉展露笑容。

第五章　無畏無懼

新在帝都的各處遊走。

下定決心一定要抓到甘水直後，對外身分是協商者的他，向公司請了長假，將一切心力傾注在尋找甘水的足跡上。

帝都這陣子變得相當寒冷，看來時節真的要邁入冬季了。

不只呼出來的氣息一片白茫茫，被包覆在手套之下的指尖，也因為凍僵而無法零活動作。

和甘水家有著關連性的土地，亦或者是前日被軍方查到的異能心教的據點附近，新獨自一人造訪了這些和甘水有關的場所，試著從中收集線索。

然而，遺憾的是，他至今仍無法正確掌握甘水藏身的地點。

（不過，也有一些逐漸變得明朗的情報。）

他混入人群之中，快步趕往自己的目的地。

甘水的目的——儘管他用了一大串冠冕堂皇的語句來說明，但以一句話來歸納的話，不過也就是「成為帝國統治者」這種庸俗的野心。這樣的話，有個人是遲早會被那個男人盯上的目標。

（就是天皇陛下。）

想隨心所欲地操控整個帝國的話，針對天皇這號人物，無論要留他活口或是直接取他性命，甘水都得謹慎行事，並取而代之地掌握國家大權才行。

目前，帝國實質上的支配者，是身為皇子的堯人。不過，就算是甘水，想對堯人出手，也是一件極其困難的事情。因為還有宮內省總動員在皇居外圍布下的強力結界。

除了異能或術法以外，這個結界甚至還能排除指定的物質。而且，只有位於結界內側的人，可以指定欲排除在外的物質。倘若被設定成排除的對象，甘水就無法入侵結界內部。

雖然新不認為這個結界萬無一失，但至少也不是不堪一擊的東西。

這樣的話，就應該先從天皇下手才對。至少，如果是新的話，就會這麼做。

（不過，比起天皇，他也不是不可能想先得到美世就是了。）

從某方面來看，美世的保護網甚至比堯人的還要堅固。

對異特務小隊的值勤所，除了是擁有異能的眾多戰士集結的大本營以外，現在也布下了和堯人所在的場所相同的結界。不管甘水的異能有多麼強大，想對這種地方出手的話，絕對只會讓自己吃苦頭而已。

所以，要是真的出了什麼事，對象恐怕會是天皇吧。

天皇目前待在和主宮殿有一段距離的小型皇居裡。

這個皇居跟堯人所在的皇居位於同一個腹地內，但因為天皇已經衰弱到無法自由活動的程度，也失去了天啟的異能，跟堯人相較之下，負責保護他的警力比較薄弱一些。

在堯人皇居或是對異特務小隊值勤所外圍布下的那種結界，至少也得動員十名施術者來完成。而維持結界所需的人力也一樣。若是想擴張結界的範圍，則需要更多施術者。因此，同時以結界保護堯人和天皇，是不切實際的做法。

來到能窺見宮殿正門的地方時，新若無其事地朝周遭張望。

（那是……）

一如他所料，看似平凡的路人之中，混雜著幾個散發異樣氣質的存在。

「是傳聞中的人造異能者嗎？」

新皺起眉頭喃喃自語。

如果不是異能者，恐怕很難察覺到這樣的異樣感吧。實際上，宮殿門口的守衛確實沒有做出任何反應。

（不過，都已經對異能心教的動向提高警戒，守在這裡的警力卻還是如此薄弱……

只能說宮內省的做法實在太天真了。）

至少也該在大門守衛之中安插幾名異能者或施術者吧。

此外，也有可能是宮內省尚未確實理解甘水直這個人有多麼危險。不管怎麼說，這裡的維安體制簡直漏洞百出。

就在新思考到這裡的時候。

「什麼！」

一輛轎車在宮殿正門的附近停下。隨後，一名身穿和服、身型枯瘦的年邁男性，在數人的攙扶之下，從宮殿的腹地內部緩緩走出來。

那名男性的真實身分，新可說是再清楚不過。以前，他曾為了個人目的，而和對方做了一場交易。

（是現任天皇！）

天皇在少少幾人的陪同之下徒步離開宮殿——面對這般不合常理又令人起疑的光景，門口的守衛們卻視若無睹。

（難道甘水直就在這附近？）

守衛和行經這附近的路人的視野，恐怕都被甘水的異能扭曲了吧。

這樣的話，甘水本人應該就待在能看到這片光景的地方。

（在哪裡？）

新試著環顧周遭，但在他視線所及範圍之內，看不到甘水的影子。再說，要是甘水施展了讓他人無法看見他的異能，新也無計可施。

（雖然能夠對付薄刃系異能的手段，也並非完全不存在就是了。）

把老家的所有資料統統挖出來，拚了命埋頭調查後，新找到了他所謂的手段。因為是極為古老的紀錄，同時又是來自薄刃本家的情報，所以甘水應該不知道。

只是，使用這個手段時，必須極為謹慎。要是被甘水發現，他很可能又會想出因應對策。

就在新無法採取任何動作的時候，天皇和陪同他的男性一起坐上那輛停靠在正門的轎車。

「嘖！」

新罕見地咂嘴，然後開始製作式神。

無論如何，徒步來到這裡的他，都沒有能追上那輛轎車的方法。只能先派遣式神去追蹤那輛車子，自己之後再想辦法跟上吧。

他用紙片做了兩隻式神。

對其中一隻施以細膩的偽裝術法後，新派遣它去追蹤車輛。另一隻則是先加上薄刃家的印記，好讓接收者明白那是來自他的式神。接著，在紙上寫下要傳達的訊息後，再讓它飛往對異特務小隊的值勤所。

這樣一來，清霞應該就會採取對應的行動了。

確認那輛轎車在沒有引起任何人注意的狀態下駛離後，新拔腿衝了出去。

◇◇◇

在美世和薰子決定跟彼此重新做朋友之後，又過了幾天的時間。

儘管季節已經進入紮紮實實的冬天，但狀況依舊沒有任何改變。美世還是幾乎每天都跟清霞一起造訪對異特務小隊的值勤所，在那裡幫忙處理雜務。

在走廊上掃地時，美世望向在一段距離外做著相同工作的薰子。

（那時，薰子小姐明明露出了笑容……）

薰子向美世坦承，自己是因為嫉妒她，才刻意做出讓她受傷的行為。美世選擇原諒這樣的她，也以為兩人之間的心結能夠就此化解。

儘管平常表現出開朗的態度，但薰子有時仍會不經意露出黯淡的表情。

若問自己是否真的打從內心振作起來了，美世的答案也是否定的。不知甘水何時會出現在眼前的現況，以及來自小隊隊員的冰冷視線。她目前的煩惱可說是堆積如山。

儘管如此，看到薰子彷彿被逼得走投無路的那種神情，總讓她相當在意。

在乍看之下和平的日常生活中，接近中午時分的某一天，事件發生了。

結束打掃工作，也去廚房幫忙準備完午餐後，美世和薰子一起待在茶水間裡。

注入冷水的熱水壺，在加熱後不斷發出咻咻聲。

「需不需要一起端配茶的點心過去呢？畢竟已經快到午餐時間了……」

「……」

「薰子小姐？」

美世捧著點心的盒子這麼詢問身旁的薰子，卻沒有得到任何回應。她望向一旁，發現薰子心不在焉地看著前方發呆。

「薰子小姐。」

「咦！啊，對不起。」

再次開口呼喚後，薰子才終於發現美世在叫她。

薰子總是以相當認真的態度面對自己的工作，在擔任美世的保鏢時，也從來不曾掉以輕心。這點美世很清楚。但現在的她，心思似乎完全不在這裡。

到底是怎麼了呢——美世不禁愈來愈在意薰子這樣的狀況。

「薰子小姐，妳是不是有哪裡不舒服？」

「沒……沒有啦，我的精神很好呢。」

「可是……」

如果不是身體不舒服的話，就是有什麼煩惱了吧。美世很想問清楚，卻又覺得難以啟齒。

薰子喜歡清霞。打從美世和清霞相遇之前，就一直喜歡著他。

然而，清霞最後選擇的不是她，而是美世。基於這層關係，儘管兩人已經成為朋友，該不該介入薰子的煩惱，仍是讓美世猶豫不決的問題。

儘管有可能是跟這方面完全無關的煩惱，美世仍鼓不起勇氣。

「對不起喔，讓妳擔心了。大……大概是因為太和平了，所以我也不小心鬆懈下來了吧。」

薰子一如往常地「啊哈哈」笑了幾聲。但這樣的她，總讓美世感覺不太自然。

不過，既然本人都這麼說了，想必那就是個無法透露給朋友知道的煩惱了吧。

（還是說，只有我以為我們是朋友呢？）

倘若是這樣的話，就太令人難過了。

最後，兩人將裝著綠茶的三個茶杯放上托盤，造訪了清霞的辦公室。

「老爺，我是美世。」

美世敲門這麼開口後，裡頭隨即傳來「進來」的回應。

清霞今天也一如往常地忙著處理大量的文件。

目前，異能心教並沒有採取什麼明顯的動作，但對異特務小隊仍必須處理和異形相關的一般業務。甚至有一部分的隊員為了驅逐異形，已經出差前往偏鄉區域。

（老爺果然很忙呢……）

美世輕輕將茶杯放在辦公桌上。

「老爺，馬上就要中午了，您要不要稍做休息呢？」

「嗯。」

清霞沒有停下手邊的動作，只是機械式地回應美世。如果繼續要求他休息，恐怕就會妨礙到清霞辦公吧。

美世跟薰子面面相覷，然後一起從辦公桌旁離開，在辦公室裡的沙發上坐下。

「好暖和呢。」

熱騰騰的綠茶，彷彿能滲透到受凍的身體的每個角落。坐在一旁的薰子，也捧著茶杯小口小口啜飲，臉上已經沒了方才嚴肅的神情。

就在這時候。

清霞突然從桌前起身，然後打開辦公室的窗戶。

「老爺？」

美世不解地抬起頭，看到一個白色的東西從窗外飄進來。她對那個物體有印象。是異能者時常用來聯絡彼此的紙片式神。

式神乘著風，在半空中翻轉一圈後，降落在清霞的掌心。

清霞隨即檢視寫在式神上頭的文字。

「這……」

在他瞪大雙眼時，辦公室大門被人猛敲的聲響幾乎同時傳來。

「隊長！本人是百足山！」

「進來。」

踏進辦公室裡的百足山看起來極度驚慌失措，臉色也相當蒼白。

「！」

這時，美世感覺身旁有人做出屏息的反應，不禁轉頭望向薰子。

「薰子小姐？」

「沒……沒事……」

和她的回應完全相反，薰子的手和嗓音全都顫抖到令人吃驚的程度。可以明顯感受到她恐懼、害怕的情緒。

（薰子小姐她……是不是知道什麼我所不知道的事情呢？）

或許，在美世所無力觸及的範圍，其實發生了什麼重大事件，唯獨她沒察覺到事態的嚴重性──之類的。雖然這種事也不是沒可能發生，但還是不太對勁。

不過，美世的思考至此中斷。

因為清霞以拳頭重重捶了一下桌面，巨大的聲響在室內響起。

「竟然對陛下出手！」

他低沉的嗓音透露出憤怒。

（陛下發生什麼事了嗎？）

基於身為兒子的堯人的指示，天皇目前幾乎完全處於被幽禁的狀態。對美世來說，他算是跟自己有點關係的人物。

難道是甘水直終於採取行動了嗎？

看著神情嚴肅的清霞和百足山，美世的心跳因不安而加速。

「我們目前尚在追查陛下的下落，一旦發現──」

「不，當下剛好也在現場的薄刃家成員正在進行追蹤。應該沒多久就能明白對方的目的地了。」

清霞所說的薄刃家成員，想必就是新了吧。

印象中，已經一陣子不見的他，應該一直獨力追查著異能心教。這樣看來，果然是甘水跟異能心教有所動作了吧。

美世嚥了嚥口水，仔細聽著兩人的對話。

「……您能信任他嗎？」

聽到薄刃這個名字的瞬間，百足山臉色一沉。

「你不信任薄刃嗎？」

「本人對薄刃新這個人了解不多，不過，正因如此，會思考甘水和薄刃聯手的可能性，應該也是理所當然的反應。」

一瞬間，美世總覺得百足山朝她瞥了一眼。

美世認為自己已經盡力做到她所能做的事情了，不過，想獲得其他人的信任，這點付出恐怕仍嫌不足吧。百足山的視線，或許正代表了這樣的意思。

清霞沒有再對百足山說些什麼，只是以嚴肅的表情沉思起來。

（天皇發生了什麼事，而新先生正在追查……）

既然這樣，清霞和對異特務小隊應該——

回過神來的時候，美世發現自己開口介入了清霞和百足山之間的對話。

「老爺，我會待在這裡。請您去找陛下吧。」

「美世……」

總是過度保護她的未婚夫皺眉搖了搖頭。

「可是，我認為應該要把陛下救回來。」

對美世來說，在明白自己被敵人鎖定的情況下，還得跟清霞分開，也讓她極為不安。然而，身為必須聽命於天皇的異能者，在君主陷入危機之時，可不能什麼都不做。

在美世這麼表態後，百足山卻面有難色。

「請妳認清自己的立場，這可不是身為局外人的妳能夠插嘴的問題。」

聽到他嚴厲的指謫，美世反射性地全身僵硬起來。

「……非常抱歉。」

百足山說得沒錯。對軍隊做法表達意見的行為，確實是太逾矩了。

仔細想想，必須前往營救天皇，想必是清霞和百足山都心知肚明的事情。既然敵人是異能心教，就得由足以對抗異能的對異特務小隊出馬。

她真的說了很不必要的發言。

隨後，清霞平靜地開口。

「百足山。」

「是。」

「你留在這裡，值勤所的防衛工作就交給你了。」

「什……」

聽到上司的指示，百足山圓瞪雙眼。

「這是為什麼！雖然明白值勤所的守衛工作很重要，但本人也一直在追查異能心教。現在，由本人率領的小隊和您一同出發，才是合理的做法不是嗎？」

看著在自己面前激動抗議的下屬，清霞仍是一貫平靜的態度。

「正因為重要，所以交給你負責。你有意見嗎？」

「這個……」

說著，清霞拍了拍因滿心不甘而表情扭曲的百足山的肩頭，附在他耳邊輕聲說了些什麼。

百足山先是露出恍然大悟的表情，接著，美世發現他的視線落在站在自己斜後方的薰子身上。

（薰子小姐？）

從剛才開始，薰子便一直不發一語。美世轉身望向這樣的她，同樣感到不解。

薰子甚至沒有察覺到百足山和美世集中在自己身上的視線，只是一臉蒼白地垂著頭，整個人還不停微微顫抖。

美世原本就覺得今天的薰子不太對勁，而她現在的模樣，恐怕已經算是有點異常的程度了。

「薰子小姐，妳的氣色看起來很差呢。去醫護室休息一下會不會比較好？」

看不下去的美世這麼開口後，薰子慢吞吞地抬起原本低垂的頭。

「我……沒事。」

她的語氣聽起來很虛弱，嘴唇也不停顫抖。

雖然很擔心，但既然本人都堅持自己沒事，美世也無可奈何。

（留下來的百足山班長，或許也肩負著觀察薰子小姐的狀況的責任吧。）

美世摟著薰子的肩頭攙扶她，然後望向清霞和百足山所在的方向。百足山像是認命似地嘆了一口氣，清霞則是輕輕點了點頭。

「百足山，你馬上確認這裡的警戒人員配置現況。我會負責編組追蹤小隊。」

「本人明白了。」

語畢，百足山快步走出辦公室

清霞拾起擱在一旁的軍刀佩帶在身上，再套上冬季制服的大衣，然後走到美世面前。

「陣之內，妳也跟著百足山一起去，依照他的指示負責值勤所的守衛工作。」

「……是。」

薰子頂著一張慘白的臉，搖搖晃晃地離開了辦公室。她的背影看起來實在太脆弱，讓美世內心湧現了強烈不安。

「美世。」

「是。」

目送薰子的背影離去後，美世轉過身來面對自己的未婚夫。

「一如妳剛才所聽到的，接下來，我必須離開值勤所。這裡雖然有結界，但這層保護網並非萬無一失。妳一定要多加留意……抱歉，沒辦法陪在妳身邊。」

「不，我都明白的。」

——好可怕。試著想像再次遇上甘水直的情境後，這是美世唯一的感想。

不過，她已經下定決心了。自己做不到的事情，就是做不到。她必須承認這樣的事實，然後盡全力做自己所能做到的事。即使無法成為戰力，她也要努力讓清霞能夠放心歸來。

她按捺住內心的恐懼，朝清霞展露笑容。

「我會平安無事地在這裡等您回來。所以，也請您一路上多加小心，老爺。」

清霞伸出雙臂，將美世的身體拉近自己。下一刻，美世就這樣被他攬入懷中。

他的雙臂強而有力，卻也溫柔無比。

「真不想離開妳。」

「……老爺。」

美世不覺得害羞，只是順從自己的心意，以自己的一雙手環抱住清霞的背。

「要是妳發生什麼事，我……」

冷酷無情的軍人——即使是以這樣的形象讓他人敬畏三分的人物，同樣也會有感到恐懼的時候。

擔心畏懼的心情，大家都是一樣的。

像是要確認彼此的存在、又像是想要祈求什麼那樣，兩人就這樣靜靜地相擁了片刻。

清霞率領兩支隊伍，從對異特務小隊的值勤所出發了。

美世則是和薰子、百足山，以及百足山小隊的成員們固守在道場裡按兵不動。在大門外頭，則有另一支小隊負責在附近警戒。

薰子看起來已經比剛才平靜許多，但她的臉色依舊相當蒼白，話也變得很少。

「還請妳自重，不要擅自採取任何行動。」

百足山以嚴厲的語氣忠告美世。

他這樣的態度，或許也包含著無法信任美世或薄刃之類的個人情緒，但比起這個，更多的是源自於對自身職責的強烈責任感。美世能明白這一點。

美世沒有拒絕，只是朝他點點頭。

她手中握著清霞給她的護身符，順帶一提，這似乎是將前一個護身符強化過後的改良型。雖然清霞沒有告訴她是強化了哪方面、又會有什麼樣的效果就是了。

美世跪坐在道場正中央，其他隊員們則是排成一個將她包圍在內的圈圈。這個道場只有一個出入口。為了避免忽略任何細微的變化，所有人都屏氣凝神。

美世在心中默默祈求神明的眷顧，同時緊握住掌心裡頭的護身符。

（不要緊……不要緊的。）

清霞一定馬上就會回來。這段期間內，只要像這樣在這裡靜靜等待，他們就能回到一如往常的日常生活。

沉默籠罩了道場。

美世能夠感覺到，現在，眾人緊繃得連大氣都不敢喘一下，為了即時察覺異變，而專注地豎起耳朵。

然而，這樣的沉默在瞬間被打破。美世的祈願也落空了。

「結界被解開了！」

百足山這麼吶喊的同時，在場的所有人也瞬間起身，擺出備戰架勢。

慢了半拍才站起來的美世，緊張得手腳都變得僵硬無比。

（結界……怎麼會……）

清霞有說過，結界並非萬無一失的東西。但這也僅限於特殊情況發生的時候。一般而言，這般縝密的結界被人解開的可能性，應該是微乎其微才對。

「噢，大家都到齊了啊——沒想到我會受到如此熱烈的歡迎呢。」

聽到這個聲音的瞬間，美世的心臟重重跳了一下。

◇◇◇

清霞率領著隊員，火速趕往新告知他的地點。

——天皇不在皇居裡。

繼新早一步捎來的「我看到天皇被人帶離皇居」的通知，又從百足山口中聽聞來自堯人的聯絡事項時，清霞簡直要懷疑起自己的雙眼和耳朵。

然而，貴為皇子的堯人的親自聯絡，再加上新以式神捎來的聯絡。有了這兩人為證，可以斷言天皇絕對是發生了什麼事。

同時，若是事情牽扯到天皇，身為隊長的清霞就勢必得親自動身。

「薄刃，狀況怎麼樣了？」

清霞領著下屬來到指定的地點時，新已經在那裡等著他們。

「陛下就在這前面。」

新指著一條通往海岸的街道這麼說。得知天皇、以及將天皇擄走的犯人的目的地可能和大海有關後，清霞腦中只有不祥的預感。

要是他們乘船離開，就很難追上去了。

「看來，那些人似乎不打算殺害陛下，對待他的態度也相當慎重有禮。目前看不到他們接近港口的行動。我想，他們或許是打算朝皇族別墅所在的方向前進吧。」

新把追上去的式神的視野和清霞共享，然後道出自己的推測。

針對他這番意見，清霞也沒有異議。

就算在這個時間點殺害天皇，對異能心教或甘水也沒有半點好處。硬要說的話，甘水和薄刃澄美之所以會被拆散，是導因於天皇這個始作俑者。所以，甘水個人有可能對他懷恨在心就是了。

（他們打算把皇族的別墅當成潛伏據點嗎？）

皇族的別墅，和皇居、宮殿同樣隸屬於宮內省管轄。

基於之前也發生過寶上家的異能者擺脫監視一事，判斷異能心教的影響已經深入至政府內部，或許會比較保險。

「有看到甘水嗎？」

「至今還沒有。不過，在天皇被帶離皇居時，現場很明顯受到甘水的異能干涉。所以，他想必還是有透過某種方式參與這次的行動。」

聽到這裡，清霞以手抵著下顎開始沉思。

繼續像這樣追蹤天皇，真的妥當嗎？既然是來自堯人的命令，清霞就必須服從。然而，這樣的現況，總讓他覺得是個陷阱。

（把天皇當作幌子，然後對堯人大人或美世出手……他極有可能這麼做。）

因此，清霞才會安排自己信賴有加、能力也無可挑剔的百足山駐守在值勤所。五道不在的現在，這是最恰當的做法。

然而，倘若甘水真的攻入值勤所，要是沒有清霞或新這樣的異能者在場，便無人對付得了他。值勤所想必一瞬間就會被他拿下吧，對手是甘水的話，百足山和薰子的力量便顯不足。

像現在這樣，清霞和新兩人都專注在被擄走的天皇身上，並不是理想的狀況。

「少校，不如你返回值勤所吧？」

新唐突地這麼表示。

他的臉上看不出任何情緒起伏。自從得知被稱為異能心教祖師的人物就是甘水直之後，新可說是性情大變……不對，應該說是變得比較不會掩飾自己真正的一面吧。

「……不可能。我是這裡的指揮官，不能擅自離開現場。」

儘管明白新應該也湧現了和自己相同的想法，清霞仍無法贊同他的提議。

「可是，你應該也明白他們擄走天皇，有可能只是調虎離山之計吧？不對，這樣的說法或許也不夠貼切。畢竟，得到陛下——亦即能夠讓整個帝國服從的權威象徵，對他們一定也有好處。只是，他們真正的目標恐怕還是——」

「美世嗎？」

清霞不自覺地以低沉的嗓音回應。

「就是這麼一回事。儘管背棄了薄刃家，甘水卻一直都被這個家系深深禁錮著。因此，對他來說，美世是個無價的存在。」

至此，新轉身望向清霞。

「做出決定吧，少校。」

新的雙眼中透出已經做好覺悟的強烈光芒。

看著這樣的他，清霞不禁覺得被自身的職責束縛、無法馬上宣示要守護美世的自己窩囊不已。然而，明知可能發生這種事，卻還是加入軍隊，也是清霞本人所做出的選擇。

「我——」

不會返回值勤所。

正當清霞打算這麼開口時，一輛軍用轎車高速朝這裡駛來，在眾人眼前發出一陣尖銳的煞車聲後停下。

「是誰？」

除了已經集結在這裡的成員以外，清霞沒聽說還有其他人會來。

在他開口詢問來者何人後，一名身穿軍裝的壯漢從轎車上走下。

「是我，清霞。」

「少將閣下！」

身型結實又魁梧的這名男子，正是對異特務小隊的最高領導人大海渡征。

大海渡抬頭挺胸地來到清霞等人面前，然後高聲對他們下達指示。

「這是來自堯人大人的飭令。久堂少校，請你立刻返回對異特務小隊的值勤所。從此刻開始，在場的小隊成員將由我負責指揮。接下來，我們將前往追捕擄走陛下的叛國賊。」

「閣下，這麼做——」

對清霞來說，這確實是個求之不得的命令。正因如此，感到難以置信的他，才會忍不住這麼開口。

看到清霞這種原本應該被斥責的反應，大海渡朝他露齒一笑。

「堯人大人還要我代他向你道歉——他說，指示你前來追查擄走陛下的犯人，是他的失誤。還有，遲了一些才給出依循天啟的指示，他感到相當抱歉。」

堯人依據天啟的結果，對清霞下達了這樣的命令。也就是說，他從天啟看見了值勤所需要清霞的未來。

到頭來，甘水的目標果然還是美世。

「屬下遵旨。」

輕輕朝大海渡低頭致意後，清霞轉身邁開步伐。

「少校，美世就拜託你了。」

聽到從後方傳來的這句話，清霞點了點頭，然後開始拔腿衝刺，獨自趕往未婚妻的身旁。

◇◇◇

美世在這個當下感受到的震撼，巨大到無法用吃驚一詞來形容。

那個不可能出現在這裡、也不見身影的人物的嗓音再次傳來。

「美世，我來接妳了。」

聽到對方呼喚自己的名字，美世不禁屏息。

聲音聽起來明明很靠近，但卻無從得知對方——甘水直究竟在哪裡。這種詭異的情況，令她毛骨聳然。

百足山和薰子隨即擋在美世的前方保護她，然而，在看不見敵人的狀態下，他們也無計可施。

「甘水直！你在哪裡，給我出來！」

百足山這麼怒吼後，那個聲音的主人意外老實地現身了。

男子身體的輪廓慢慢變得明顯，原本只是一整片背景的視野之中，開始浮現出人類的形體。

蓄著一頭深褐色短髮，鼻梁上架著圓框眼鏡，身穿斗蓬搭配日式褲裙，一雙眸子依舊透出凶猛猙獰的光芒的男子，此刻現身在眾人面前。

「謝謝你們的盛大歡迎。不過，我原本還以為能夠更輕鬆地闖進來呢，結果這裡的警戒體制比我想的還要慎重許多。該說不愧是久堂清霞嗎？」

這樣的狀況明明一點都不有趣，甘水卻「哈哈哈」地笑出聲。美世不由得全身竄起雞皮疙瘩。不知是誰嚥下口水的聲音，此刻顯得分外清晰。

道場通往外頭的大門，在無人察覺到的狀況下完全敞開。看來，甘水似乎是透過異能，從入口正大光明地闖進來。

現在，他和美世等人之間，只隔著約莫十大步的距離。

雖然甘水現在是停下腳步的狀態，但在場其他人仍無法輕舉妄動。可說是眾人生死全都掌握在甘水一人手中的狀態。

（到底該怎麼做……）

甘水的目標是美世。再這樣下去，對異特務小隊的隊員們，全都會因為她而身陷危機之中。

至少，負責保護美世的百足山和薰子絕對會遭遇危險。儘管這是事實，但同樣害怕自己陷入危機的美世，難道就只能眼睜睜看著他人逐一犧牲性命嗎？

「你……是怎麼進來的？」

百足山這麼問道。他的用意或許是在爭取時間吧。

而甘水似乎也察覺到百足山打算盡可能拖延時間的想法，他看似很感興趣似地瞇起雙眼。

然而，他隨後道出的內容，卻讓眾人忍不住懷疑自己的耳朵。

「很簡單，從結界內部動點讓我能夠順利進來的手腳就行了。」

「你這是……在開什麼玩笑？」

「很遺憾的，我不是在開玩笑喔。雖然我也能明白你不願相信的心情啦。」

美世以雙臂環抱住自己的身體，拚命試著讓自己不要發抖。

她並不懂結界的詳細原理或構造。不過，即使是這樣的她，也聽得出來甘水這番發言，很明顯在暗示這個對異特務小隊之中有內奸。

「你的意思是，對異特務小隊裡頭有跟你裡應外合的人？」

「我確實是想這麼表達，是不是不太好懂呢？」

「這不可能……」

「你還是正視現實比較好喔。既然我都已經出現在這個地方，就代表必定有人暗中協助我破壞結界。」

百足山帶著不甘的表情沉默下來。看著這樣的他，甘水臉上的笑意更深了。

「我就告訴你我是怎麼進來的吧。」

「……」

甘水那雙蘊藏著激烈情感的眸子，以極度緩慢的動作望向內奸。

一開始，美世還以為他看的人是自己。然而，事實並非如此。

（咦……）

甘水的視線，此刻筆直投射在薰子的身上。

「陣之內薰子小姐，感謝妳鼎力相助。」

現場的氣氛瞬間動搖起來。

美世感到腦中一片空白。

隊員們彷彿忘了強敵當前，只是不知所措地開始低聲交談。

「薰子小姐……為什麼……」

回過神來的時候，美世已經以茫然的語氣道出這個疑問。

雙肩狠狠抽動了一下後，薰子緩緩轉過頭，望向自己身後的美世。她原本散發著凜然氣質的美麗臉龐，現在宛如一張白紙那樣缺乏血色。

「我……我……」

「這是事實嗎，陣之內？」

百足山以平靜的語氣質問道。雙唇不停顫抖的薰子，看起來彷彿整個人都被絕望所吞噬。

「我……」

「妳大可老實回答。包括妳是受我的指示、以及妳身處的狀況，這樣的話，說不定能博取一些同情啊。」

「……」

薰子緊咬住顫抖的唇瓣，沉默地垂下頭。

在場其他人全都屏息望向這樣的她。懷著難以置信的心情，靜待她接下來的自白。

然而，她沉默不語的反應，就跟肯定甘水的說詞沒有兩樣。

「陣之內！妳倒是說點什麼啊！」

「我……我不能……說。」

不停顫抖的薰子搖搖頭。

面對開始起內訌的美世一行人，站在一旁的甘水露出一臉看好戲的表情。

「我覺得，妳所謂的『不能說』，其實就跟承認這是自己做的沒什麼差別呢。直接了當地坦承，不是比較好嗎？」

聽到甘水嘲弄的發言，薰子狠狠咬牙，然後吶喊出聲。

「是啊……是啊，沒錯！如同你所說的，我對結界動了手腳。所以，你會遵守當初的約定，放過家父對吧！」

看到薰子頂著一張蒼白的臉逼問甘水的模樣，其他人全都瞬間語塞。就連百足山也只是盯著她，遲遲說不出半句話。

像是要跟陷入困惑的同伴撇清關係那樣，薰子沒有望向任何人，只是直直盯著甘水。

「當然了，妳的父親和老家的道場都平安無事。畢竟我什麼都沒做啊。」

「咦……？」

「妳老家的那些人成了我手中的人質——打從一開始，這就只是個用來要脅妳的謊言罷了。妳完全中了我的圈套，還真是幫了個大忙啊。」

聽到這裡，美世已經完全能夠推測出發生在薰子身上的前後始末了。

甘水找上來到帝都的薰子，謊稱她的家人已經淪為自己的人質，藉此脅迫薰子服從自己的指示，從內部對結界動手腳，好讓他能順利入侵值勤所。

正因如此，薰子才會從聽聞天皇遭人擄走之後，就一直有些古怪吧。

因為她明白，只要清霞為了營救天皇而離開值勤所，甘水便會取而代之地現身。

（太過分了……）

家人的性命被當成把柄要脅，所以不得不背叛自己的同伴。對薰子來說，這會是多麼痛苦的一件事。光是想到她必須在承受這種身心煎熬的狀態下，在值勤所度過每一天，就讓美世心痛不已。

被盯上的人是美世，然而，她實在無法憎恨這樣的薰子。

「怎麼會……那麼……我……到底是為了什麼……」

薰子無力地跪倒在地。此刻，無人能夠對她說出任何安慰鼓舞的話語。

只有百足山對甘水投以蘊含著熊熊怒火的犀利視線。

「竟然這樣玩弄人心……」

「哈哈哈，不過就是玩個遊戲而已。你也用不著氣得橫眉豎目的吧。」

這個男人太奇怪了，美世不禁回想起在夢裡窺見的那段過往。

母親以前喜歡這樣的男人嗎？不對，這是不可能的。儘管已經想不起母親的容顏，但美世明白她確實有著能體貼他人的一顆心。

不然，她就不會為了從齋森家手中保護美世，而封印住她的異能。

（他讓薰子小姐哭泣了。）

刻意讓他人悲傷難過。要是讓這種人成為統治帝國、萬人之上的存在——光是想像這樣的未來，美世便感到汗毛直豎。

此刻，甘水仍是一臉樂在其中的笑容。

「這場表演還挺有趣的啊，各位。那麼，我差不多該來完成自己的目的了……」

「你以為自己能夠得逞嗎？邪魔歪道的傢伙！」

即使面對百足山殺氣四溢的咒罵，甘水臉上仍絲毫不見動搖的神色。

「很簡單啊。」

甘水緩緩從懷裡抽出一把短刀，拔刀出鞘，然後開始前進。

滲出冷汗的百足山，也跟著抽出佩帶在腰間的軍刀。其他隊員見狀後，紛紛跟上他的動作。

「未婚妻大人，本人會跟甘水交手，藉此爭取時間，請妳趁隙逃走吧。」

「可是——」

「這是我們的職責所在。我們是為了不要讓妳被他搶走，才會集結在這裡。所以，也請妳做好覺悟吧。妳的職責所在為何？」

（我的……職責……）

即使只剩下自己一個人，也絕對要逃走。這想必就是百足山心中唯一的正確答案了吧。

（可是……我自己的想法呢？我真的這麼做就可以了嗎？）

倘若美世現在逃走，為了追上她，甘水想必會殺了出面阻止自己的所有人吧。而且，就算一個人逃了出去，之後又該怎麼做？

自己絕不能被甘水抓到，這點美世也明白。

夢見之力是極度危險的力量。萬一甘水在抓到美世之後，像威脅薰子那樣脅迫她，美世恐怕就會為了異能心教，而驅使自己的異能吧。

「那麼，就先請你送死吧。」

甘水露出樂在其中的笑容，以熟練的架勢舉起手中的短刀。

「本人可不會這麼簡單就被你撂倒。」

「哎呀，這很難說呢。」

甘水的短刀和百足山的軍刀正面交鋒，尖銳的金屬摩擦聲跟著迸裂。然而，這僅僅一次的交手，便讓這兩人分出高下。

「什麼！」

百足山的軍刀從根部被折斷，刀身也跟著落地。美世完全沒能看見究竟發生了什麼事。

「不堪一擊。」

這麼輕喃後，露出好戰表情的甘水將短刀刺向百足山的頸部。百足山勉強閃過了速度驚人的這一刀。儘管刀刃劃過他的肩膀，他仍施展出俐落的迴旋踢反擊。

「你的異能是能夠強化肉體之類的嗎？好險、好險。」

雖然躲過了迴旋踢，但甘水也被迫退後幾步，兩人的距離再次拉開。

（再這樣下去的話……）

美世環顧周遭。

在前方率先跟甘水交手的百足山，現在肩膀已經負傷。儘管傷口看起來不深，但仍然流了很多血，若是繼續放任不管，他最後想必會因為大量失血而無力動彈吧。

薰子則仍是低垂著頭癱坐在地、一動也不動的狀態。這也是理所當然的。即使並非自身所願，她仍然背叛了同伴。以她現在的精神狀態，恐怕無法起身應戰。

在美世左右兩旁和後方舉起軍刀的其他異能者，臉上全都帶著恐懼的神色。

即使是身為外行人的美世也能明白，再這樣下去，所有人只會繼續單方面被甘水玩弄於股掌之間，終至落敗。而這全都是因為美世。

（我能做些什麼呢？）

就算她真的能做到什麼，擅自採取行動的話，也只會扯大家的後腿吧。

為。

雖然覺得自己思索了很久，但美世最後所採取的，實際上卻是近似於一時衝動的行

「妳這個笨蛋！」

正當甘水企圖再次逼近百足山時，美世一躍介入他們兩人之間。儘管百足山的怒罵聲從後方傳來，但美世選擇無視。

「請你住手。」

美世敞開雙臂這麼宣言。

此刻，她的心情比自己所想的更加平靜。儘管心跳劇烈到令人難受的程度，指尖也宛如被凍住那般冰冷，她的嗓音卻十分堅定。

看到這樣的美世，甘水揚起嘴角止步，同時放下原本舉著的短刀。

「美世，妳終於決定乖乖跟為父一起離開了嗎？」

「不，我不會把你當成自己的父親。我不會協助在傷害他人後，依舊能夠毫不在意地露出笑容的你。」

「……原來如此。那麼，妳又為何要挺身而出？」

即使遭到美世拒絕，甘水也只是朝她點點頭，看起來一副樂在其中的樣子。

對於自己能否跟這個男人好好溝通，美世其實也感到相當不安和害怕。但此刻，在

場的這群人之中，最不可能喪命的就是她。與其讓他人受傷，還不如由美世自己站出來面對甘水。她不願意再看到清霞因為下屬受傷而沮喪難過的模樣了。

（如果像百足山班長那樣，試著多爭取一點時間的話，是不是就會有援軍趕來？）

雖說不希望看到其他人受傷，但美世也不打算讓自己被甘水擄走。然而，她沒有時間思考其他對策，也不確定是否真的會有援軍趕來。

在一無所知的狀態下，美世謹慎地開口回答甘水的提問。

「因為……你不會殺死我。」

「很正確的判斷。偉大到令人作嘔的自我犧牲的精神，真是佩服。」

「……」

「不過，為父最討厭這樣的作為了啊。」

一股寒意竄上美世的背脊。

要是讓甘水感到不快，他想必會殺了在場的所有人。美世的夢見之力尚有利用價值，同時，她也被甘水視為自己的「女兒」，所以暫時還能平安無事；然而，一旦他改變心意，美世恐怕也會小命不保。

該怎麼做呢？繼續表現出拒絕他的態度，或是試著討好他？

無視陷入煩惱的美世，甘水開始訴說自己的看法。

「妳的母親——澄美亦是如此。說什麼『這麼做是為了薄刃一族』，然後就嫁到那沒有半點價值的齋森家去。愚蠢，簡直是愚蠢到可恨。」

美世在這個捧腹大笑的男子眼中，看到了不停打轉的黑色漩渦。這道漩渦宛如泥漿那樣黏稠沉重，又好比是足以燒毀一切的烈焰揚起的濃濃黑煙。

（母親並不愚蠢。）

她只是想要守護而已。守護窮途末路的薄刃家、守護家人的性命，還有美世的人生。

雖然幾乎無從得知母親的為人，但只有這一點，美世是明白的。因為她也跟母親一樣。

（是嗎？原來是這樣啊。）

這個男人過去沒能做到的事情，以及他現在創立異能心教這個組織，企圖做到的事情。

或許，其實也和她們是一樣的。

美世深吸一口氣，以堅定的雙眼望向這名自稱是她父親的男子。

「我不會成為你的女兒，也無法贊同你的想法。」

「連妳都不需要我啊。」

「家母對你說過這樣的話嗎？」

「吵死了……看來有必要好好教育妳一下呢。」

甘水一邊低喃，一邊以沒有持刀的那隻手搔抓自己的頭髮。爭取時間到此，恐怕已經是極限了吧。

不過，在內心的某個角落，美世有種安心的感覺。

從甘水的反應看來，美世的生父無疑就是齋森真一，並不是眼前這名男子。

美世壓根沒想過，以前那麼渴望擺脫齋森家的她，竟然也會有慶幸自己出生在那個家的一天。在齋森家度過的那些日子，並非是建立在一段虛偽的關係上。這樣的事實，著實令美世感到放心。

做好覺悟後，她繼續往下說：

「就算你把我帶離這裡，也不等於是拯救了家母。你企圖拯救的家母，早已不在這個世上了。」

「不對。」

「我就是我，所以，請你放棄吧。」

美世確實是承襲了薄刃血脈的存在。不過，她同時也是在齋森家出生長大的、齋森家的女兒。因為有那段在齋森家度過的時光，才會有今天的她。

雖然無法明白決定遠嫁齋森家的母親真正的想法，但至少美世並不希望甘水把自己帶走。

無論這個名為甘水直的男人，為了沒能拯救澄美一事感到多麼懊悔，已逝的時光都無法重來，也沒有人可以取代另一個人。美世無法做出如他所願的一舉一動。

「膚淺、真是膚淺啊，美世。妳的世界未免太過狹小了。我的目的可不是這種雞毛蒜皮的小事。妳得放遠眼光來思考才行，不然我可就傷腦筋了。」

甘水直這麼笑道。

「看來，果然還是只能用武力強行將妳帶走了。」

甘水再次舉起銳利的短刀。同時，他的身影和背景融為一體，然後逐漸消失。

「嘖……要是他消失了，我們就無法出手啊……」

沒有人能夠對付無法目視、也無法以聽力追蹤的對手。

美世也感受到了百足山的焦躁。

「所有人都固守在未婚妻大人的四周！別讓甘水乘虛而入了！」

「百足山班長，我——」

到頭來，隊員們仍逃不過壯烈犧牲的局面。在美世開口前，百足山便先朝她搖了搖頭。

「時間用盡了。若是願意顧念我們的性命，就請妳思考該怎麼順利逃出去吧。」

「這怎麼——」

「陣之內，妳要癱坐在地上到什麼時候！給我站起來！起身戰鬥！」

百足山按著肩膀上的傷口，朝仍然一動也不動的薰子怒吼。

下一刻，美世看見薰子伸手緊緊握住尚未出鞘的軍刀的刀柄。以手背抹了抹眼角後，她從原地站了起來。

「對不起，美世小姐。我鑄下的錯誤，我會自己好好收拾。」

「可是……可是——」

哭紅雙眼的薰子、一身軍裝被鮮血染紅的百足山，以及舉起軍刀警戒四周的隊員們，全都露出彷彿已經決心赴死的表情。

一旦演變成戰鬥，美世便無能為力。

「聽好了，你們要避免跟其他人同時發動異能！這樣可能讓異能互相影響，導致效果被抵消！」

聽到百足山的指示，隊員們點點頭。

然而，敵人不愧是擁有薄刃異能的異能者。

「嗚……」

在美世身旁擺出備戰架勢的薰子，突然整個人被打飛，然後重重摔在地上。

「薰子小姐！」

在美世這麼驚聲呼喚的時候，她的手被人一把揪住。

「不要！」

「不希望在這裡的人受傷的話，就跟我一起走。」

甘水在美世的耳畔，輕聲道出這句語帶威脅的發言，讓美世汗毛直豎。

（我不想跟他走，可是……）

企圖轉身逃離甘水身邊的瞬間，一個有著冰冷觸感的物體抵上美世的脖頸。她隨即察覺到那是甘水的短刀。

「好啦，安分一點吧。」

這是對包括美世在內的現場所有人發出的恐嚇。

事態演變至此，已經無人能夠對甘水出手了。儘管不會殺死美世，但甘水可以輕而易舉地傷害她。

「美世小姐……」

薰子搖搖晃晃地起身呼喚。

（我……已經……）

被甘水以短刀抵著的美世，就這樣被他硬拖著走到道場的入口大門處。此刻，在她腦中閃過的，是自己最重要的人的容顏。

——老爺。

啊啊，她終於明白了。一想到清霞，竟然會讓自己覺得死亡是如此可怕，她不想離開他。這般痛苦煎熬的情感，讓美世的淚水奪眶而出。自己為何會如此渴望了解他，為何會如此在意他和薰子的過去。

這樣的情感，原來就是——

「離我的未婚妻遠一點。」

那是在轉眼之間發生的事。

美世聽到身後傳來一個極為冰冷的嗓音。同一時間，甘水已經整個人趴在地上，還有一隻穿著軍用長靴的腳狠狠踩著他的背。

突然重獲自由，而一時沒能站穩腳步的美世，被這個人溫柔地攬進懷裡。

「啊……老爺……」

「我來晚了——妳哭了嗎？」

美世仰頭，發現自己最重要的人的美麗笑容就在眼前。

他套著白色手套的指尖，撫上美世被淚水濡濕的臉龐。

（「想著您的事情，結果就哭出來了」……）

這種話美世絕對說不出口，而且也不希望清霞察覺到這樣的事實。感到難為情的她，忍不住以雙手掩住自己紅通通的臉頰。

「久堂……清霞……」

甘水恨恨地道出清霞之名，然後以反手握住短刀，朝踐踏著自己背部的那隻腳揮下。

清霞挺身擋在美世前方，同時迅速收回自己的腳。甘水則是趁機從地上翻身躍起，再朝後方跳開。

理應已經不算年輕的甘水，身手竟如此矯健。這一幕讓美世看傻了眼。

「你還是回來了嗎？」

「很不巧的，我方還有一位能夠預知未來的人物。真要說的話，你那種過於刻意的調虎離山之計，實在太容易看穿了。」

「堯人皇子嗎……原來如此。看來，這次是我的策略過於簡陋了。」

甘水面無表情地聳聳肩。

儘管態度已經不如一開始那麼游刃有餘，但即使發現自己的計畫遭到阻止，他看起來似乎也不痛不癢。

彷彿是壓根不認為自己的計畫已經失敗似的。

或許也對甘水這樣的態度存疑吧，清霞的一邊眉毛微微抽動了一下。

「甘水直，你沒有下次了。」

「不，一切才剛要開始啊。」

有著立體五官的那張臉蛋，露出扭曲的愉悅笑容。

這時，突然有好幾個不知來自何方的巨大水球朝這裡飛來。

「呀！」

美世反射性地閉上雙眼。不過，這些水球在尚未接觸到任何人的情況下，就被清霞和其他隊員消滅了。

「寶上嗎？」

聽到清霞在輕輕咂嘴後不悅地這麼低喃，美世睜開眼，發現甘水已經不見人影。

（結束……了？）

他也有可能只是用異能消除了自己的形影，但其實人還留在這附近。儘管心裡這麼提防，但美世的精神狀態已經來到極限了。

清霞就在自己身旁。

光是這樣，就能感到極度放心的她，此刻忍不住整個人癱坐在地。

「美世！妳怎麼了，有哪裡受傷了嗎？」

吃驚得瞪大雙眼的清霞，連忙蹲下身子支撐住美世的背部。為了不讓他擔心，美世先是搖了搖頭，清霞這才放心地吐出一口氣。

「對不起……我好像是因為覺得放心，所以雙腳突然一軟……」

「不，是我的錯，都是我太晚趕回來。妳一定很害怕吧？」

直到方才，美世確實一直都很害怕。但比起恐懼的情緒，無人殞命，自己也沒有被甘水擄走的結果，更讓她感到放心。

美世以顫抖的指尖揪住清霞的大衣衣袖。

「非常感謝您救了我。」

「妳沒事真是太好了。」

清霞緊緊擁住美世冰冷的身軀。雖然沒有因此落淚，但在這一刻，美世總覺得好想哭。

「——不好意思，打擾兩位了。」

百足山有些不耐的嗓音從上方傳來。

朝板著臉的下屬瞥了一眼後，清霞以鼻子哼了一聲，不太情願地放開懷裡的美世，然後起身瞪視著百足山。

「什麼事？」

「本人已經指示沒有受傷的隊員，到附近察看甘水和寶上是否還躲在這一帶。傷患已經被送往醫護室。幸運的是，沒有人受到重傷。」

傷勢最嚴重的，恐怕就是百足山自己了吧。像這樣和清霞報告的時候，纏在他肩膀傷口上的布料仍逐漸被染紅。

「你看起來傷得很嚴重啊。」

「非常抱歉……因為本人的能力不足，讓未婚妻大人直接挺身面對敵——嗚！」

百足山還沒說完話，就被清霞一巴掌打在臉上。

「老……老爺！」

「竟然讓保護對象一度淪為人質，真是荒唐透頂。你到底是為了什麼而存在？我的小隊不需要無法徹底盡到自身職責的人。」

「是。」

「此外，讓美世直接挺身面對敵人，是怎麼一回事？依據你的回答，我恐怕得檢討是否要進行懲處。」

此刻的清霞，化身為美世幾乎不曾目睹過的、被譽為冷酷無情的魔鬼隊長的存在。

另一方面，剛才還威風凜凜地統率著所有隊員的百足山，現在看起來變得相當弱勢。

面對怒氣和冰冷態度甚至比魔鬼更駭人的上司，百足山以不帶任何個人情感的方式，向他一五一十地說明甘水現身後的狀況。

「這一切都是本人的責任，本人已經做好接受任何懲處的覺悟。」

看到百足山再次以「真的非常抱歉」向自己鞠躬賠罪，清霞讓他抬起頭，接著又是一記響亮的耳光落下。

目睹這令人不忍直視的光景，美世不禁以手掩嘴。

「被中年男子一刀砍斷自己的劍，又因此負傷——不僅如此，甚至還讓身為保護對象的外行人挺身袒護自己。你真的是一名軍人嗎？到底為什麼會出現這般離譜的失態，我實在難以理解。」

「非常抱歉。」

「不用賠罪，我現在徹底明白你是個派不上用場的人了。如你所願，我之後會決定懲處的內容。」

「是。」

「明白的話，就趕快離開。收拾善後這種程度的事情，你好歹還做得到吧？」

「是……失陪了。」

小跑步離去的百足山的背影，透露出一股哀戚。

看在美世眼裡，百足山已經做得很好了。只是，甘水這個敵人實在過於強大，這並不是他該一肩扛起的責任，更何況，因為有百足山撐著，在甘水襲擊道場後，戰況才得以在我方幾乎沒有蒙受損害的狀態下結束。

「老爺，百足山班長他……」

這麼說出口的瞬間，美世忍不住閉上嘴巴。倘若百足山本人目睹了這一幕，一定又會斥責她不要說些無謂的話吧。

不過，清霞似乎確實接收到了美世的想法。

「我明白。妳能平安無事地留在這裡，多虧了百足山的努力，他是個優秀的男人。我雖然會懲處他，但也會針對他的貢獻予以獎勵，妳放心吧。」

「是……另外，那個……」

美世還有另一件在意的事。

她望向隊員們忙碌奔走的道場內部，但已經不見她的身影。

「薰子小姐……她……」

提及這個名字的同時，各種令人憂心的想像也陸陸續續浮現在美世腦中。

在軍隊裡頭，反叛想必是相當重大的罪行吧。倘若戰場上出現叛徒，便很有可能讓己方蒙受致命性的損害。為了防範這樣的事態，將叛徒處以死刑，也不是不可能的事。

薰子並不是自願背叛軍隊。然而，就結果來看，她的確是做出了引狼入室的行為。

對美世來說，薰子是重要的友人。無論她懷抱著什麼樣的想法來對待美世，兩人共度的那些日子，仍是一段開心又可貴的時光。

看到美世因為胸口隱隱作痛而垂下頭之後，清霞將自己大大的手掌放在她的頭上，溫柔地撫摸了幾下。

「這方面別有太多期待。」

「……」

美世像是為了驅趕沉悶的心情那樣吐出一口氣。

現在，她只能祈禱自己好不容易結交到的朋友，最終能夠保住一條性命了。

◇◇◇

為了追蹤被擄走的天皇，新和大海渡所率領的對異特務小隊的隊員，一起造訪了皇族的別墅。

想當然耳，這裡並非任何人都能夠自由進出的場所。

然而，由式神跟監的那輛轎車，筆直朝別墅所在的方向前進片刻後——突然在半路消失了蹤影。

「我的式神消失了……」

聽到新在趕路途中以茫然語氣這麼開口，大海渡問道：

「你說消失是什麼意思？是跟丟了那輛轎車嗎？」

「是的，有可能是被對方發現了。」

轎車行經的海岸線道路是單一道路，繼續往前進的話，最後只會抵達別墅所在的宮內省管轄區域。因此，就算在這時候擺脫新的跟監，應該也沒有意義才對。

不過，對方明知這一點，卻還是試著隱匿自己的行蹤，恐怕就代表他們另有什麼目的。

在異能和術法這方面完全是門外漢的大海渡，此刻不禁皺起眉頭。

「現在也只能繼續前進了。畢竟這樣走下去的話，最後一定會遇上宮內省的警衛員。甘水直的異能無法穿透物體對吧？若是他強行闖入宮內省的管轄區域，一定會留下什麼蛛絲馬跡。若非如此，或許有可能是……」

新明白大海渡沒有明說出來的想法為何。

——帝國中樞被異能心教滲透了。

儘管不願想像這樣的發展，不過，無論是「已經被滲透」、或是「今後可能被滲透」，這都是必須在無法挽回的結果出現之前，事先納入考量的事態。

（要說另一個可能性的話……）

也或許，打從一開始，天皇就沒有被帶來這裡。

對方發現新躲在皇居附近監視，也料到他會派遣式神跟監，於是設法矇騙過他的式神，將一行人引誘到完全不相關的地點——就是這樣的可能性。

但新也不希望是這樣的結果。要是一個沒處理好，除了會徹底失去天皇的消息以外，這同時也會牽涉到其他人對新本人、甚至是薄刃家的信賴。

他不能讓其他異能者變得更不信任薄刃家。

新等人就這樣持續前進，最後終於抵達隸屬宮內省管理的皇族領地。

除了四周被石牆環繞以外，裡頭的領地還生著一整片樹林。這些鬱蓊的常綠植物成了阻絕視線的障礙物，導致一行人無法從外頭窺見裡頭的狀態。

大門也緊閉著。

（大門守衛也平安無事……是嗎？）

新懷著啞巴吃黃蓮的苦澀心情，看著大海渡朝大門走近。看來，似乎是他比較糟糕的那個預感成真了。

一如所想，守衛表示剛才沒有任何人通過這裡。聽到這樣的答案，對異特務小隊的成員們臉上開始浮現動搖的神色。

「還是要進去裡頭調查一下。」

儘管大海渡這麼說，仍有不少人無法接受這樣的結果。

在隊員們帶刺的視線注視下，新跟著大海渡一同踏進皇族的領地。

不用說，除了別墅裡頭不見任何人入內的跡象以外，甚至連地面都看不到任何人的足跡，又或是轎車輪胎的壓痕，可以確實看出在這幾小時之內，都不曾有人造訪此處的事實。

新明顯感受到，原本就不存在的信賴感，此刻更進一步地跌落谷底。

「該不會是薄刃在說謊吧？」

「他說不定跟甘水是一夥的。」

這樣的低聲討論傳入他的耳中。

「……撤退吧。」

花了將近半天的時間，徹底將整個領地內部搜索過一遍後，大海渡終於做出了這樣的決定。

既然找不到半點跡象，很明顯代表天皇所搭乘的那輛轎車，最後根本沒有抵達這裡。也就是說，新拚命跟監的對象不過是個幌子。

（可惡！）

再這樣下去，薄刃家的立場會變得更加艱困。

「少將閣下。」

新出自反射地喚住大海渡。

他不能就這樣空手而歸。不祭出一點成果的話，實在無法見人。

「只有今天一天也無所謂，請您批准我繼續調查這個地方。」

「你要一個人留下來繼續調查？」

「是的。」

新明白這樣的要求很任性，然而，他也有不能就這樣無功而返的理由。

又說了一句「拜託您了」之後，新朝大海渡低頭鞠躬。儘管「這麼做也沒有意義」的批判聲傳入耳中，新仍繼續維持著鞠躬的姿勢。看著這樣的他，大海渡重重地嘆了一口氣。

「我允許，你就調查到自己滿意為止吧。堯人大人那邊由我出面報告。」

「非常感謝您。」

「其他人就跟著我一起返回帝都。」

大海渡一行人撤退，留下新獨自待在現場。

只剩下自己一個人之後，因為自身的能力不足而浮現的強烈焦躁感，隨即支配了他。他被甘水玩弄在股掌之間，這樣的狀況，讓新痛恨至極。

（為什麼事情總是無法順利進行呢？）

倘若甘水是因為憎恨薄刃家，所以企圖讓他們陷入困窘的處境，那麼，他可說是做得相當成功。薄刃這個名字淪為熟悉內情的人們唾棄的對象，恐怕也只是時間早晚的問題罷了。

明明不應該是這個樣子的。

「可惡……可惡！」

新猛踹地面，不停憤怒地咒罵。

把保護、拯救美世的任務交給清霞的他，認為自己的職責，就是揪出甘水的下落。

但實際上，他終究什麼情報都沒能掌握到。

新暴躁地在皇族領地裡四處走動。儘管手腳變得冰冷無比，鼻尖也被凍到有些麻木，他仍毫不在意地繼續埋頭搜索。

然而，無論再怎麼找，他還是沒有發現半點線索。

這也是當然的。畢竟除了他們一行人以外，沒有任何人來過這裡。

回過神來的時候，已是夕陽西斜。沒有任何照明設備的這個區域，現在逐漸被深沉的黑暗籠罩。

「看來……是白費力氣了。」

對此刻的新來說，比起黑暗，返回帝都一事更讓他覺得恐懼。

（不知道有什麼樣的遭遇在等著我呢。）

在心中這麼自嘲的時候，他突然聽見後方傳來腳步聲。

「——你果然留下來了啊。」

新轉身。他的雙眼所捕捉到的，是神情看起來有些疲憊的甘水的身影。

新隨即掏出懷裡的槍，將槍口對準他。

「都是因為你！」

「因為我？哈哈哈，你這話說得還真奇怪。」

只要扣下扳機，新馬上就能奪走甘水的性命。儘管如此，甘水卻仍是一派輕鬆的態度。

「哪裡奇怪了？」

「當然奇怪嘍，對你、對薄刃家抱持偏見的是誰？是我嗎？」

「這……」

不對，不願理解薄刃的本質，只是逕自為他們貼上標籤然後加以迫害的人，並不是甘水。是其他異能者，是那些帝國軍人。

然而，造就這種狀況的其中一個原因，無非就是眼前這個男人。

新對扣住扳機的手指使力。

「你以為這樣的話術就能洗腦我嗎？」

「不，我不這麼覺得。別看我這樣，我可是對薄刃異能者的能力讚譽有加。你想必也不會因為如此簡單的手法而上鉤吧。」

「你很清楚嘛。既然這樣，就請你去死吧。」

儘管新已經打從內心釋放出強烈的殺氣，但到了這個關頭，甘水卻還是說著「哎呀，你先等等」，然後悠哉地開口。

「雖然嘴上這麼說，但你在帝都的立場也很為難吧？」

「你太多話了，這跟你有什麼關係？」

「我說不定能傳授一些讓你活得更輕鬆的方法呢。」

「……你不是憎恨薄刃家嗎？」

「這個嘛……這也說不準呢，總之，我想對你說的只有一句話。」

甘水被夕陽餘暉染紅的臉上浮現笑意，他緩緩朝新伸出一隻手。

「薄刃新，你要不要加入異能心教？」

真是個愚蠢的提議，誰會答應這種亂來一通的邀請呢？

因此，在給出答案之前，新只迷惘了一瞬間。

第六章　今後的心情

被甘水襲擊的隔天之後，美世和清霞仍過著每天一起往返值勤所的日子。

不過，並非一切都已經返回日常的軌道上。

儘管再次消失蹤影，但甘水仍沒有放棄美世。想當然耳，美世的行動範圍也因此更進一步縮小。

基於帝國軍高層的指示，美世現在甚至無法在值勤所裡四處走動，只能窩在清霞的辦公室裡，在他身旁做點縫補衣物之類的手工來打發時間。

跟過去能在值勤所裡自在度過的時間相比之下，這種行動受限的生活感覺無趣又令人窒息，美世的心情也一直無法開朗起來。

每天，踏進值勤所裡之後，她的視線總會不自覺地開始尋找那個不可能出現的，自己初次結交到的友人的身影。

某個天氣晴朗，氣溫也不那麼冷的日子，美世坐在清霞的辦公室裡，以織毛線來打發時間。

『隊長，請問能打擾您一下嗎？』

百足山的聲音，伴隨一陣敲門聲從外頭傳來。

「進來。」

「——失禮了。」

美世總覺得很久沒有看到他出現了。

為了替自己在前次任務中的失態負責，儘管身為班長，他仍一肩扛下了諸如跑腿等各式各樣的雜務。

跟甘水交手時被砍傷的地方，感覺已經復原得差不多了。不過，來到清霞辦公桌旁的他，表情仍因緊張而顯得僵硬。

「隊長，可否讓本人占用您的未婚妻大人——齋森美世小姐一點時間？」

突然聽到百足山提及自己的名字，美世不禁吃驚地抬起頭。

面對下屬這樣的要求，清霞露出嚴厲的表情。

「你覺得我會允許嗎？」

「……不覺得。」

「那麼，你就是白跑一趟了。回去自己的崗位上好好工作吧。」

即使要求被清霞斬釘截鐵地回絕，百足山仍毫不猶豫地垂下頭懇求他。

「拜託您，只有一小段時間也無所謂。」

「你想跟美世說的話，是值得讓你如此冒險來請求我同意的內容嗎？」

「……拜託您了。」

百足山維持著深深一鞠躬的姿勢，感覺完全沒有要抬起頭來的意思。在得到清霞首肯前，自己絕不會離開這裡一步——他整個人透露出這般堅決的念頭。

清霞或許也察覺到這一點了吧。

「真的一小段時間就能結束嗎？」

「是的。」

「我知道了……但我也必須在旁邊一起聽。」

「請您隨意。非常感謝您。」

聽到清霞允諾後，百足山才終於抬起頭，然後默默朝美世走近。

他看起來被逼到走投無路的表情，讓美世有些不知所措。她連忙放下手中的鉤針，然後端正自己的坐姿。

「——可以占用妳一點時間嗎？」

「好……好的。」

美世沒有理由拒絕他。更何況，就算拒絕了，百足山或許也會像剛才懇求清霞那樣，一直堅持到她點頭為止吧。美世能感覺到他這樣的氣勢。

在百足山要求下，美世跟著他換了個地方說話。

他的目的地似乎是道場。

「美世，道場裡頭比較冷。妳還好嗎？」

「是，我不要緊。」

跟在美世身後一起過來的清霞，對她投以看似有些擔憂的視線。不過，美世不認為百足山會做出對自己不利的行為，再加上她也披著羽織外套，所以並不覺得冷。

道場裡頭一片空蕩蕩的，看不到半個人。

在甘水入侵時成為戰鬥舞台的這個地方，雖然有幾處因雙方交鋒而毀損，但現在都已經修繕完畢，看起來相當整潔美觀。

「不好意思……在這個時間點，能夠不被他人打擾而好好說話的地方，本人只想得到這裡。」

這麼向美世道歉的百足山，看起來沒了過去那種凜然的氣勢，甚至還給人幾分不可靠的感覺。美世連忙朝他搖搖頭。

「不，沒關係的，請您不用道歉。」

現在，值勤所裡頭上上下下忙成一片。

原本已經提高警戒，卻還是讓甘水不費吹灰之力地入侵，甚至還發生隊員之中有內奸這種嚴重的失態。

此外，儘管尚未讓外界知情，但天皇目前仍是下落不明的狀態。再加上這件事又牽扯到異能心教，因此理所當然得動員夠以異能和敵人相抗衡的對異特務小隊。

目前，所有隊員都為了執行因應對策，而在帝都四處奔走。

不過，這間值勤所裡頭仍有不少隊員忙進忙出，所以能靜下來好好說話的場所也相當有限。

「——真的非常抱歉。」

百足山突然轉身過來面向美世，並再次朝她深深一鞠躬。

「咦……」

面對這出乎意料的狀況，美世不禁愣在原地。

她壓根沒想到那個百足山竟然會向自己低頭致歉。因為覺得眼前的光景令人難以置信，美世轉頭望向身後的清霞，卻發現他並沒有表現出特別驚訝的反應。

「至今，本人三番兩次對妳擺出高高在上的態度……甚至將妳視為敵人，認為妳是沒有半點力量的女性而鄙視妳。自命清高地表示自己不會懷抱偏見，但卻不曾認同過妳的努力。本人真的非常愚蠢。」

「因為……您說的那些都是事實……」

美世垂下眼簾，囁囁著這麼回應。

百足山過去那些主張都十分正確，至少，那是美世也能接受的論點。而且，百足山都是採取當面給她忠告的做法，所以美世不曾有過被他歧視或是輕蔑的感覺。

美世身上確實流著薄刃的血液，至於薄刃，則是站在就算被其他異能者視為公敵也不意外的立場上。美世身為異能者的能力仍不夠純熟，也無法握劍。發生緊急狀況的時候，只會成為其他人的包袱。

這些都是真的。

這跟其他隊員在背地裡說薰子壞話的行為不同。他們是在當事人不知道的地方對她品頭論足，而且還選擇性無視薰子展現出來的實力。所以，美世才會覺得這樣很不合理。

「不，是本人的判斷有誤——那時……甘水直攻入這裡的時候，倘若沒有妳挺身而出，包括我在內，恐怕會有許多隊員因此喪命吧。」

「那是因為……可是，我也無視您的指示……」

回想起自己當下採取的行動後，美世不禁感到不知所措。

身為被保護的對象，卻擅自行動，真要說的話，這應該是必須受到譴責的行為才對。

儘管如此，百足山卻語氣堅定的表示「不！」

「請讓本人向妳道歉吧。明明對妳一無所知，本人卻完全小看了妳的能耐，這跟以先入為主的觀念來做判斷的愚蠢之人沒有兩樣。妳是非常有勇氣的人，是妳保全了大家的性命。」

「那……那個……」

該怎麼回應他才好呢？畢竟，美世原本就沒有對百足山懷抱著怒意。

這時，清霞的手輕輕搭上美世的肩頭。

「要不要原諒這個男人，就由妳本人來決定吧。」

「由我……」

這樣的話，根本沒有什麼原諒不原諒的問題，因為百足山並沒有值得責怪的地方。

美世直直望向這樣的他，然後開口說：

「百足山班長，您並沒有弄錯什麼。我當初所採取的行動，只是因為運氣好，才能看到好的結果。若是狀況稍有不同，很可能就會讓在場的人全都陷入危險之中。所以，那個……如果一定要用這種說法的話，我……原諒您。」

「非常……感謝妳。」

百足山的嗓音聽起來相當虛弱，讓美世深深感受到他是打從心裡為了這件事而苦惱。

想到他一直懷抱著這般苦澀的心情在職場效力，美世就覺得這樣的代價已經十分足夠了。

「百足山。」

聽到清霞的呼喚，百足山抬起頭以「是！」回應。

「我不會說你先前的對應方式全都是正確的，你欠缺能夠隨機應變的靈活思維，在那個當下，想必也有更妥善的對策才是。」

「是。」

「不過，這也只是基於結果主義而導出的看法。要以結果來評斷的話，我認為能讓所有人都平安無事，就代表你的做法沒有錯。」

「隊長……」

「關於這次的任務，你無須接受懲處。再說，沒能針對甘水來襲的情況做出任何判斷的我，同樣也有不對的地方。」

所以——清霞接著這麼往下說：

「我很期待你之後的活躍，好好表現吧。」

「是，本人明白。」

百足山再次朝清霞深深一鞠躬，然後重新轉身面向美世。

「今後，本人會試著慢慢改變其他隊員的想法。為了讓對異特務小隊真正成為奉行實力主義的一個組織，本人會盡最大的努力。這也是為了陣之內。」

美世朝他輕輕點頭。

百足山擁有優秀的領導能力。倘若這樣的他願意率先改變什麼，一切想必都會順利發展下去吧。

在這之後，百足山獨自留在道場裡處理接下來的工作。和這樣的他道別後，美世與清霞一同返回辦公室。

途中，占據美世所有思緒的，果然還是友人的身影。

「老爺，薰子小姐她……」

在那之後，薰子便不曾出現在這間值勤所裡。她目前被拘禁在帝國軍本部，等待軍方下達裁決。畢竟她犯下了重大的叛變行為，這也是很合理的處置。

因為受到大海渡保護，所以還不至於得接受嚴刑拷打，或許已經是不幸中的大幸了吧。

「妳很在意嗎？」

「這是當然的呀。」

美世一邊前進，一邊移動自己的視線。

無論是這條走廊，或是一旁並排的房間。視線所及之處，都能讓美世鮮明地回想起和薰子共度的那些時光。

儘管並非全都是愉快的回憶，但跟第一個交到的朋友之間的點點滴滴，已經成了她珍貴的寶物。

（好寂寞啊。）

少了薰子開朗燦爛的笑容，美世的胸口彷彿被挖開一個洞，讓她好生落寞。

「軍隊不能原諒她的叛變行為。」

清霞平靜的回應，讓美世的心跟著降溫。

她腦中理性的部分，也明白這是不容外部人士插嘴的事情。然而，軍方只用「跟敵人串通」這點來評斷薰子這個人的一切，這樣的做法著實令她難受。

「能請您幫幫薰子小姐嗎？」

回過神來的時候，美世發現自己停下腳步，道出了這樣的懇求。

儘管她的理性嘗試阻止自己繼續說下去，但一張嘴卻滔滔不絕地動了起來。

「薰子小姐是為了保護她老家的人們，才不得不協助異能心教。」

「這不是妳能夠判斷的問題。」

「我……明白，可是……」

清霞對仍打算說些什麼的美世投以冰冷的視線。

「陣之內的處置由軍方來決定，妳再多說什麼都沒有用。」

「……或許我說的話沒有任何力量，可是，如果是您的話，應該有能力幫助薰子小姐吧？」

「我不會做出有違軍紀的行為。」

未婚夫的嗓音之中，透出一種過去不曾對自己投注的尖銳，讓美世不由得微微顫抖起來。

不過，只有這件事她不能退讓。

「老爺，難道不管薰子小姐變成怎麼樣，您都覺得無所謂嗎？」

雖然心裡並不這麼認為，美世卻忍不住道出這句氣話。

清霞想必也很擔心薰子的狀況。比起美世，跟薰子認識的時間更長的他，沒有道理不為自己的職場上的伙伴擔憂。

（可是……）

薰子之所以不得不服從甘水的指示，都是因為美世。甘水企圖將美世擄走，所以才會利用薰子。

一想到薰子是因為自己，才被捲入這種不合理的狀況之中，美世便有種坐也不是、站也不是的感覺。

「在這種情況下寬恕陣之內，就無法讓其他人引以為戒。別說這種任性的話。」

「這不是任性的——」

至此，美世終於察覺她接下來打算說出口的話，正是一種自以為是的任性。發現自己的言行舉止像個在耍賴的孩子後，她沉默下來。

清霞再次對她投以冰冷的視線。

「放棄替陣之內求情吧。」

無法反駁來自清霞的最後通牒，而且也不知道該如何反駁的美世，只能默默地咬住下唇。

◇◇◇

兵慌馬亂的日常在轉眼間過去。

回過神來的時候，時間已經來到年末，新的一年即將在明天到來。

為此有種莫名感慨的美世，目前正待在久堂家的主宅邸裡。

因為葉月的提議，這天的白天，幾名彼此熟識的親友決定在這裡同聚一堂。雖然還不到宴會的程度，但這次聚會的目的，似乎在於讓大家互相慰勞這一年以來的辛苦付出。

不過，年末年初基本上都是跟家人共度的日子，所以並不是強制參加。

應該說，這場聚會，其實可以說是為了只要沒接到聯絡，很有可能除夕夜和新年期間都不會主動和家人見面的清霞而舉辦。

「歡迎你們來，我等好久了呢。」

為這棟超級豪宅一如往常的華美外觀震懾住的美世，和清霞剛抵達主宅邸的時候，就受到葉月的熱烈歡迎。

今天穿著一襲暗紅色小洋裝的她，依舊是那麼美麗動人。

「姊姊……都已經一把年紀了，拜託妳不要亢奮成這樣。很難為情啊。」

聽到清霞一臉無奈地這麼勸誡，葉月不滿地噘起嘴唇。

「你好囉唆喲。你才是呢，都已經一把年紀了，還對美世妹妹露出色瞇瞇的表情。」

「我才沒有，妳別胡說八道。」

聽著兩人的對話，美世不禁笑出聲來。

這對姊弟只要一見面，大概都是這樣的感覺。這種時候，美世總能窺見清霞跟自己在一起時完全不會展露出來的各種表情，所以也感到很開心。

葉月領著兩人來到休閒室，讓他們在裡頭等到餐會開始。

在那之後——因為薰子的處置，導致美世和清霞稍微起了口角後，兩人表面上看起來雖然一如往常，但其實在面對彼此時，內心一直都感到不太自在。

認識薰子後，美世明明對她跟清霞之間的關係起疑，心情也因此變得相當複雜；然而，想到清霞主動捨棄薰子的行為，卻又讓她覺得反感。

（難道真的沒有任何辦法了嗎？）

為了日常生活而忙碌時，美世還不太會去在意這件事。但像現在這樣平靜地坐下來休息時，不安和焦躁的情緒便會悄悄浮現。

「抱歉，讓妳配合姊姊蠻橫的做法。」

聽到以手扶額的清霞嘆著氣這麼說，美世才回過神來，連忙笑著朝他搖搖頭。

「不，怎麼會蠻橫呢。我也很想跟姊姊見面，所以覺得很開心。」

「可是，年末妳應該很忙吧？」

到了這段時期，美世確實也有很多要忙的事情，但至少還擠得出在外頭吃一頓中餐的時間。

家裡的大掃除已經做完了，該準備的飯菜，也完成了某種程度上的準備工作。

話說回來——

（今天竟然已經是除夕了呀……）

對美世而言，今年可說是她的人生中空前絕後、史上最混亂的一年。去年的這個時候，她明明還待在娘家那個寒冷的房間裡瑟瑟發抖呢。她的人生真的改變了很多。

讓她難以置信的是，開始跟清霞一起生活之後，竟然才過了不到一年的時間。離開娘家後，自己至今所經歷過的一切，令美世眼花撩亂，彷彿不管怎麼回顧，都不會有徹底回顧完的一天。

「雖然很忙，但我覺得很充實、也很開心……比以前開心太多了。」

美世捧起裝著溫熱紅茶的茶杯，凝視著竄升的裊裊熱氣。

「是嗎？這樣就好。」

跟清霞靜靜待在一起的時光，是美世最喜歡的。

雖然氣氛算不上熱鬧，也還有其他值得憂心的事，但她仍覺得開心又幸福。要是去年的自己看到現在這個她，一定會感到難以置信，甚至認為這只是自己的幻想而已吧。

兩人沒有特別聊些什麼，只是偶爾捧起茶杯啜飲，靜待約定的時間到來。這時，大門另一頭傳來賓客陸陸續續抵達的聲音。

在一陣大力的敲門聲之後，休閒室的門被人猛地打開。

「隊長、美世小姐，兩位午安啊！」

以活潑開朗的嗓音現身的，是前陣子因為身受重傷而住院的五道。

「……姊姊又找了吵吵鬧鬧的人來了嗎？」

「啊，隊長，雖然您嘴上這麼說，但少了我在身邊，您應該很辛苦對吧？」

笑著以「您真是的～」揶揄清霞的他，看起來跟受傷前一樣充滿活力。

「五道先生，您的傷勢已經不要緊了嗎？」

聽到美世這麼問，五道朝她點點頭。

「當然嘍，抱歉讓妳擔心了！我的傷已經完全治好了。我反而覺得出院的時間比我想像得更晚，所以幾乎要悶壞了呢！」

「真是太好了。」

繼五道之後，新也在休閒室裡現身。

「大家都到了啊。」

一如往常地穿著合身西裝的這名表哥，看起來沒有什麼改變。不過，這也是令美世在意的地方。

關於甘水襲擊值勤所那天發生的事，美世也聽說了一些。

天皇遭到綁架時，新被敵人刻意營造出來的假象矇騙，導致最後沒能得到任何收穫。這件事似乎讓他相當自責。在那之後，為了繼續追緝甘水，他變得鮮少返家，擔心不已的外祖父義浪還找了美世商量這件事。

這也是無可奈何的。畢竟，在那件事發生後，熟悉內情的人士對薄刃家的批判變得更加嚴苛了。

為了維護薄刃家的榮耀，新無法允許自己失誤。

（倘若我站在新先生的立場上，也會做出同樣的行動吧。）

感到焦躁、無力、又靜不下心，這想必就是新的感受吧。

不過，也因為這樣，美世真的很久沒見到他了。

雖然他看起來跟之前沒什麼兩樣，但美世認為不能光看表面。因為新十分擅長隱藏自己真正的想法，即使表現出開朗的態度，他的內心世界仍有可能處於截然不同的狀態。

「美世，妳過得好嗎？」

「啊，是。您也都沒變呢，新先生。」

「託妳的福，不過，煩惱倒是不曾少過就是了。」

美世和新聊天時，清霞看似有些不滿地以鼻子哼了一聲。察覺到他的反應的新，對他投以帶點挑釁意味的眼神。

「少校，要是你的心胸這麼狹窄，可會讓美世覺得喘不過氣喔。」

「你少多管閒事。」

這兩人你一言我一句地鬥嘴的光景，感覺也許久不曾見過了。

隨後，五道因為看到一志出現而大聲嚷嚷起來，美世則忙著問候葉月的朋友們。在一片忙碌中，正午時分將近。

這時，最後的賓客終於抵達了。

從休閒室往外看時，美世忍不住懷疑起自己的雙眼。

「薫子小姐？」

她開口呼喚的嗓音微微顫抖著。

她先是看到一輛轎車突然停靠在宅邸外頭。接著，一直讓自己思念、牽掛不已的友人現身了。

身穿白色襯衫加軍裝長褲，外頭罩著一件長大衣的她，確實就是美世的朋友陣之內薫子。

薰子和從同一輛轎車走下來的大海渡一起踏進玄關。看到上司出現的清霞和五道，為了向他致意而走向玄關大廳。

在兩人走出休閒室後，美世也來到大門旁觀察外頭的狀況。

「歡迎妳來，陣之內小姐。」

「打……打擾了。」

薰子以緊張到有些破音的嗓音向出來迎接自己的葉月打招呼，然後將用布巾包著的伴手禮遞給她。葉月微笑著道謝收下，接著轉頭望向大海渡。

「你也辛苦了。」

「不。畢竟，要讓陣之內自由行動的話，也必須有我在一旁照看才行，沒有花太多工夫。清霞、佳斗，你們也趁這段假期好好休息吧。」

「是。」

「了解～」

聽到兩人的回應後，大海渡點點頭，接著轉身準備離去。此時，葉月喚住了這樣的他。

「你要直接回去了嗎？」

「嗯，要是我在這裡逗留太久，爸媽會不高興啊。旭也很期待我回家。」

「這樣呀。啊，你等一下。」

聽到大海渡這麼說，葉月露出溫柔的笑容，指示幫傭拿來一包東西後交給他。

「這是我給旭的禮物，可以替我瞞著公公婆婆拿給他嗎？」

「我知道了。」

接過禮物後，大海渡的視線在一瞬間跟美世對上。美世向他點頭致意，大海渡則是沉默地以眼神回應。

目送大海渡離開後，一行人稍微鬆了一口氣。只有美世隨即衝向薰子的身旁。

「薰子小姐！」

「啊……美世小姐。」

久違的友人看起來比以前消瘦了一些，氣色感覺也不是很好。

面對看似愧疚地將視線往下的友人，美世毫不猶豫地拾起她的手。

「妳過得好嗎，薰子小姐？」

「嗯……那個……」

薰子將眉毛彎成八字狀，環顧聚集在玄關的眾人，然後猛地一鞠躬。

「真的……真的給大家添了很多麻煩！我由衷感到抱歉！」

幾滴淚水落在玄關的三和土上，然後暈染開來。

薰子的背叛行為，是絕對無法寬恕的。

然而，她確實別無他法。聽到老家的道場和非異能者的父親被擄為人質，她只能選擇服從甘水。

她想必一直被強烈的罪惡感苛責至今吧，光是想像薰子內心的感受，便讓美世感到心痛。

「——把頭抬起來，陣之內。」

這麼開口的人是清霞。

緩緩抬起頭來的薰子，眼裡仍有淚水在打轉。

「閣下八成已經嚴格訓斥妳一番了吧。所以，我們沒有什麼想說的。」

「隊長……」

「姊姊，既然參加者都到齊了，就趕快讓宴會開始吧。」

清霞轉身這麼向葉月提議，葉月也以開朗的笑容回答。

「說得也是。那麼，各位，今天的餐會，我仿效西方的做法，採用立食宴會的形式。請大家一起移動到大飯廳吧。」

美世沒有加入移動的行列，而是先牽起薰子的手。

「薰子小姐，我們也過去吧。」

「……對不起，美世小姐。」

「請不要再向我道歉了。」

薰子目前恐怕不是無罪釋放的狀態吧，清霞也說過這種處置是不可能的。即使接受懲罰，曾經犯下的罪過也不會就此消弭。然而，就算一直責怪犯錯的人，也無人能夠得到幸福。

「我打從心底覺得，能跟薰子小姐變成朋友，真的是太好了。看到妳像這樣再次出現在自己面前，我真的很開心。妳的感受跟我不一樣嗎？」

聽到美世這麼問，薰子搖搖頭。

「能再跟妳說到話，我也覺得很開心。就算是這樣的我，也能跟妳當朋友嗎？會不會讓妳覺得困擾？」

「不會。所以，以後也請跟我好好相處喲。」

「嗯，嗯！」

看到友人有些誇張地再次目泛淚光，美世輕笑出聲，然後和她一起走向餐會的舉辦會場。

終章

美世將蕎麥麵放入滾水不斷冒泡的鍋子裡。

以料理用長筷將鍋中的麵條撥散後，溫熱的蒸氣迎面撲來。

（今天過得好開心呢。）

在久堂家主宅邸參加完午間餐敘後，美世跟清霞一起回到家，現在已是夕陽西下的時分。她獨自站在廚房裡，準備用來迎接新年的晚餐菜色。

儘管餐會的出席者並不多，美世仍覺得很開心。

餐會上有各式各樣罕見又美味的西式料理，而一邊享受美食，一邊自由移動、和不同的人攀談，也讓美世樂在其中。她度過了一段相當充實的時光。

「糟糕！」

這樣回想的時候，美世發現蕎麥麵似乎要煮過頭了。她連忙將鍋子從爐火上移開，然後放心地吐出一口氣。

她夾起一根滾燙的蕎麥麵，吹涼後放進口中。要做高湯蕎麥麵的話，麵體的口感應該要再偏硬一點比較好。不過，這樣應該還在容許範圍之內。

（得趁麵條還沒被泡爛之前趕快開動呢。）

美世迅速將煮好的蕎麥麵盛進兩只大碗裡，再澆上熱騰騰的高湯，然後放上炸好的天婦羅以及作為香辛料的大蔥。

今天的天婦羅種類以蝦子、鱈魚和蔬菜類為主。

「應該……做得還不錯吧。」

這是美世第一次做跨年蕎麥麵，幸好她有事先向由里江請教做法。不過，蕎麥麵只要下水煮熟就好，而炸天婦羅她也已經做過很多次了，所以並不會感到吃力。至於高湯的調味，則是由里江的真傳。

今晚，除了跨年蕎麥麵以外，還有紅白蘿蔔等根莖類蔬菜的滷菜、醃漬白菜，再佐以上好的清酒。

廚房裡擺滿一盤盤並排的菜餚。光是這樣的光景，就相當奪目。

「呵呵。」

聞著廚房裡瀰漫的高湯香氣，讓美世感到無比安心。

現實中，除了開心的事，也充斥著許多令人不安的事。還有因為劇烈變化的生活，而累積起來的精神疲勞。

不過，今天是除夕夜。從明天起，便是連續三天的新年假期。至少，美世想平穩地度過這幾天，也希望清霞能同樣度過平穩的三天。

「老爺，晚餐準備好了。」

「嗯。」

造訪起居室時，美世發現清霞正眉頭深鎖地閱讀文件。

白天，葉月曾向兩人提議留在主宅邸住一晚的計畫，但被清霞毫不猶豫地拒絕了。而這想必就是他拒絕的理由之一了吧。

儘管年末年初時能夠稍做歇息，但累積大量尚未解決的事件的現在，即使是休假的日子，也多少會有報告捎來。畢竟緊急狀況隨時有可能發生，清霞或許也想盡力完成自己能力所及的事情吧。

美世將一碟碟餐點放在小茶几上，再次出聲呼喚清霞。

「……那個，您要不要稍微休息一下呢？」

「噢，抱歉。」

先是這麼淡淡回應後，清霞發現擺放在小茶几上的晚餐，於是開始收拾手邊的文件。

面對這樣的未婚夫，美世重新轉身望向他，然後一鞠躬。

「老爺，非常感謝您。」

她唐突的行為，似乎讓清霞在一瞬間屏息。

「感謝什麼？」

「是關於薰子小姐的事，是您出手幫助了她吧，老爺？」

美世回想起這兩人在主宅邸時的對話。

儘管清霞當下的態度相當冷淡，但那其實代表他已經原諒了薰子。美世並不會自視甚高地認為，是自己不斷央求清霞，所以他才願意原諒薰子。不過，沒有失去第一個結交到的朋友，讓她非常開心。

「我可沒做什麼得讓妳道謝的事。」

儘管別過臉淡淡地這麼說，但清霞的眼中並沒有慍色。

「今後，跟異能心教之間的戰鬥會愈演愈烈，我只是不想浪費貴重的戰力罷了。」

聽到異能心教一詞，另一種不安在美世內心浮現。

「是……發生什麼事了嗎？」

「沒有，反而淨是『沒有任何進展』的報告。不過，就算是這樣的報告，裡頭或許也能找到什麼蛛絲馬跡。」

「……找不到異能心教嗎？」

「嗯，我們甚至連天皇究竟身在何處都無從得知。異能心教目前還算安分，不過，正因如此，他們也可能是在策劃什麼大規模的行動。」

雖然成功襲擊值勤所，甘水最後還是敗給了清霞。不過，他那時的態度看起來沒有半點不甘，感覺並不是計畫失敗的人會表露出來的反應。

——有什麼不好的事情正要發生。

即使是身為外行人的美世，也能夠深刻感受到這一點。

這時，清霞吐出一口氣，然後溫柔握住美世的手。

「不要緊，我會盡可能趁早做點什麼。妳不需要感到不安……雖然這麼說，或許是在強人所難就是了。」

「好的。」

在溫柔掌心的鼓勵下，美世露出淺淺的微笑。

除夕夜的時光靜靜流逝著。

清霞和美世一起吃完跨年蕎麥麵，正在稍事休息的時候，外頭開始出現紛落的雪片。

「下雪了嗎？」

美世拉開和走道相通的日式拉門，從門縫之間窺見的景色，讓清霞瞇起雙眼。起居室的燈光從緣廊洩漏出去，照亮在半空中飛舞的潔白雪花。庭院裡頭也出現一層薄薄的積雪，看起來宛如灑滿砂糖。

「雪……」

冬天和雪，原本都是美世不喜歡的東西。

因為，以往的冬天，她都只能窩在娘家那個沒有火缽的狹窄房間裡，為了嚴寒的天氣苦惱不已。但現在，像這樣待在溫暖房舍內看到的紛飛白雪，既鮮明又神祕，像是幻想中的光景。

「美世。」

聽到呼喚聲，美世轉頭望向清霞，發現他正一邊眺望著外頭的景色，一邊將酒杯湊近嘴邊。

「過來這裡。」

「是。」

美世順從地在清霞身旁坐下。

「今年是很好的一年，因為我遇見了妳。」

溫柔的嗓音從身旁傳來。

（要說的話，我才是……）

去年的現在，她恐怕作夢也沒想到，自己竟然能夠迎來不再湧現「希望可以就這樣凍死」這種念頭的冬季。

竟然能夠和如此心愛的、一刻都不願與對方分開的人相遇。

「是，我也……和您擁有相同的感受。」

美世這麼開口的瞬間，清霞將她的身子拉近自己——兩人的唇瓣輕疊。

第二次的吻，帶著淡淡的酒精香氣。

除夕夜的鐘聲響起。

被寂靜籠罩的兩人，平靜地迎來下著雪的新年。

後記

大家是否別來無恙呢？

我是筆名以「不會念、不會寫、記不住」的特點慢慢廣為人知，最近甚至開始浮現「這個筆名其實意外還不錯嘛」這種錯覺的顎木あくみ。

《我的幸福婚約》終於來到第四集了。竟然能把出道作這樣一路寫下去，連我自己都覺得難以置信。

這次的故事延續了第三集的內容。應該也有讀者很在意「那個人後來怎麼樣了」的問題吧，不知道大家覺得這樣的故事發展如何？至於懷抱「差不多該結婚了吧」這種期待的讀者，對不起，還沒有要結婚。

來到第四集之後，登場人物增加了不少。這次的新角色的看頭，在於除了那個大爆炸的人以外，他們是清霞的下屬之中頭一次有公布姓名的人。至今，基於主角是美世，所以故事中鮮少出現關於對異特務小隊這個組織的詳細介紹。不過，在新角色們登場後，這方面的設定或許也會跟著變得明確。

雖然現在才這麼說，不過，本作同時也是美世成長的故事。身為作者，我希望她能透過跟新登場人物之間的互動而更進一步成長。故事中的婚禮預定在春季舉行，但在這之前，各種考驗仍會持續下去。不要緊的，只要兩人彼此扶持，一定有辦法解決一切！

在日本，由高坂りと老師繪製的《我的幸福婚約》漫畫版，目前也正在SQUARE ENIX的《GANGAN ONLINE》上好評連載中！在這本《我的幸福婚約》第四集出版時，漫畫版第二集也會同時出版，還請大家多多支持。

最後，我這次也是各方面都瀕臨史上最極限的狀態，因此又給責任編輯大人添了非常多的麻煩。真的很抱歉，也很感謝您。

還有為第四集繪製了美麗到令人無法想像的封面插圖的月岡月穗老師。真的、真的是太感謝您了。

最後是一路陪伴我走來的各位讀者。多虧大家，這個故事才能夠繼續下去。在此獻上我最深的感謝。

那麼，下集再會。

顎木あくみ

國家圖書館出版品預行編目資料

我的幸福婚約 四 / 顎木あくみ作 ; 許婷婷譯 .
-- 初版 . -- 臺北市 : 臺灣角川股份有限公司 ,
2021.012-
冊 ; 公分 . -- (Kadokawa light literature)

譯自 : わたしの幸せな結婚 四
ISBN 978-626-321-060-8(第 4 冊 : 平裝)

861.57 110000936

輕文學
Light Literature

我的幸福婚約 四

原著名＊わたしの幸せな結婚 四

作　者＊顎木あくみ
插　畫＊月岡月穗
譯　者＊許婷婷

2021年12月22日　初版第1刷發行
2023年9月4日　初版第4刷發行

發 行 人＊岩崎剛人
總　監＊呂慧君
總 編 輯＊蔡佩芬
主　編＊李維莉
美術設計＊林慧玟
印　務＊李明修（主任）、張加恩（主任）、張凱棋

台灣角川

發 行 所＊台灣角川股份有限公司
地　址＊104台北市中山區松江路223號3樓
電　話＊（02）2510-3000
傳　真＊（02）2515-0033
網　址＊www.kadokawa.com.tw
劃撥帳戶＊台灣角川股份有限公司
劃撥帳號＊19487412
法律顧問＊有澤法律事務所
製　版＊尚騰印刷事業有限公司
I S B N＊978-626-321-060-8